Trans+

Trans+

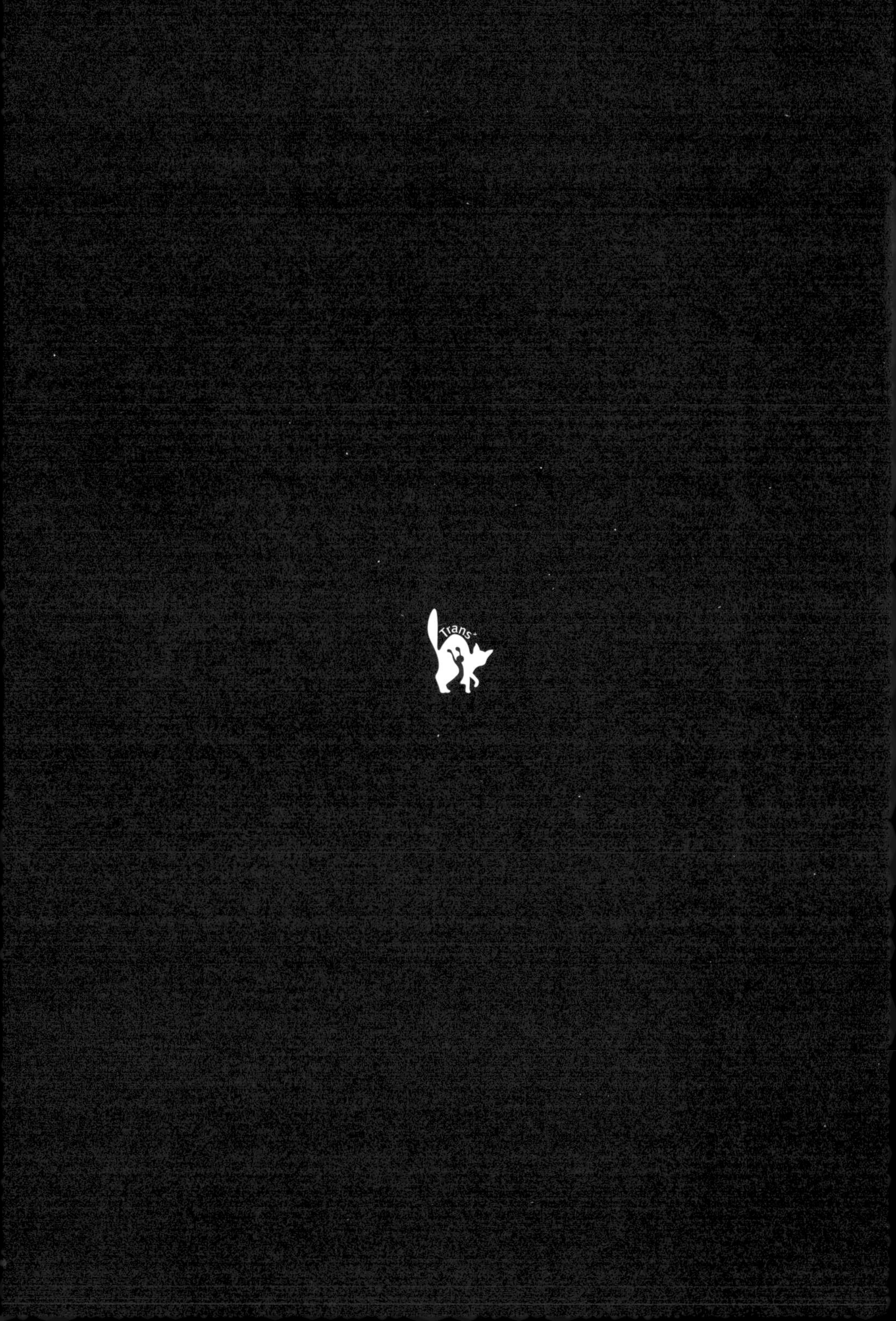
Trans+

Trans+

Strange & Mesmerizing

鄰家女孩（二版）

The Girl Next Door

作者：傑克・凱琛 Jack Ketchum
譯者：柯清心
責任編輯：林立文
封面設計：捌子
電腦排版：張靜怡
法律顧問：董安丹律師、顧慕堯律師
出版：小異出版
台北市 105022 南京東路四段 25 號 11 樓
TEL：(02) 87123898　FAX：(02) 87123897
www.locuspublishing.com
發行：大塊文化出版股份有限公司
台北市 105022 南京東路四段 25 號 11 樓
讀者服務專線：0800-006689
TEL：(02) 87123898　FAX：(02) 87123897
郵撥帳號：18955675　戶名：大塊文化出版股份有限公司

總經銷：大和書報圖書股份有限公司
地址：新北市新莊區五工五路 2 號
TEL：(02) 89902588　FAX：(02) 22901658
二版一刷：2022 年 4 月
定價：新台幣 420 元

鄰家女孩

THE GIRL NEXT DOOR

傑克・凱琛 Jack Ketchum 著
柯清心 譯

推薦全美最恐怖的傢伙——傑克．凱琛

史蒂芬．金

其實傑克．凱琛（Jack Ketchum）這個人並不存在，那是一個叫達拉斯．邁爾（Dallas Mayr）的傢伙的筆名，假若這是機密，我當然不會隨便說出來，可惜不是；達拉斯．邁爾的名字出現在所有凱琛的小說版權頁上（有七、八部在美國出版），他若為你簽名，常會簽上「達拉斯」三個字。（不過這部小說版本的讀者，看到的也許是「傑克．凱琛」！）反正我也不覺得傑克．凱琛像真實的名字；反倒更像假名。畢竟英國好幾個世代的劊子手，都沿用傑克．凱琪（Jack Ketch）這個名字，而且這位美國同名作家的小說裡也都沒有倖存者；他總是讓活板門一開、拉緊套索，連無辜者一起賜死。

有句老話說，人生唯二可以確定的事，就是死亡與稅。不過我還可以加上第三項：迪士尼電影永遠不可能改拍傑克．凱琛的小說。凱琛小說裡的小矮人都是食人族，大野狼從來不會喊累，公主最後會被綁在破爛小屋中的柱子上，讓瘋女人拿熨斗燙掉她的陰蒂。

我以前為凱琛寫過簡介，說他已成為類型讀者的標竿，也是我們這些寫恐怖懸疑故事者的英雄。這在當時和現在都是事實。凱琛是最接近英國作家克里夫·巴克（Clive Barker）的美國作家……我指的是其作品的感受，而非故事本身，因為凱琛很少處理神怪的議題。不過那並不是重點，重要的是，讀過他作品的作家無一不受其影響，讀過他作品的讀者無一能輕易忘掉他，凱琛已成為一種典範了。自從他首部小說《淡季》（*Off Season*）——有點像文學版的《活死人之夜》（*Night of the Living Dead*）——問世後便如此，《鄰家女孩》更是，或許是凱琛最具權威的作品。

就我認為，和他最像的作者是吉米·湯普森（Jim Thompson），四○年代末及五○年代的神祕暴力犯罪小說家。凱琛和湯普森一樣，作品均以平裝書出版（至少在美國如此；凱琛在英國曾出版過一、兩次精裝本），從未擠進暢銷書榜，除了《墓園之舞》（*Cemetery Dance*）[1]和《瘋歌利亞》（*Fangoria*）[2]等類型出版品外，從未有人訪問過他（他們幾乎無法了解他），一般的讀者大眾幾乎完全不認識他。然而凱琛跟湯普森一樣，是個極端有趣的作家，時而凶殘，時而才華洋溢，卓絕的才情中帶著晦暗絕望的觀點。他作品的呈現方式是其他更知名的文學作家無力處理的——我想到威廉·甘迺迪（William Kennedy）、達克多羅（E. L. Doctorow）及諾曼·梅勒（Norman Mailer）等幾位風格迥異的小說家。事實上，我認為當今美國小說家只有一位比傑克·凱琛更優秀重要，那就是戈馬克·麥卡錫（Cormac McCarthy）。這對一位知名度不高的平裝書作家而言是極大的讚譽，然而卻不誇張。不管你喜不喜歡（許多讀過小說的人大概不會喜歡），傑克·凱琛的優秀不容質疑。你大概還有印象，戈馬克·麥卡錫在出版《愛在奔馳》（*All the Pretty Horses*）這部與他之前作品迥然不同的牛仔浪漫小說之前，亦沒沒無聞，長年窮困潦倒。

凱堔不像麥卡錫，他對高密度、抒情式的語句沒興趣。他和吉米·湯普森一樣使用平淡無奇的美式語句，以流暢而半帶幽默的方式讓作品變得更明快。我想到《鄰家女孩》中那個瘋狂的小鬼艾迪，他沿街走來，「打著赤膊，齒間咬著一大條黑色的活蛇」。但凱堔的作品特色不在幽默，在其驚悚。就像他之前的吉米·湯普森一樣（以《致命賭徒》〔*The Grifters*〕或《體內殺手》〔*The Killer Inside Me*〕兩本書為例，凱堔幾乎也寫得出來），他覺得生活裡的悲慘充滿刺激，在這個世界上，一名女孩無情地遭受整個鄰區、而不只是一個瘋女人的凌虐；在這個世界上連英雄都顯得太遲疑、太懦弱、太猶豫不決。

《鄰家女孩》篇幅很短，僅有兩百三十二頁（編按：這裡指原文初版），但不失為一部格局宏大的野心之作。其實我並不訝異；因為美國越戰後幾年，除了詩，數量最多的藝術表達形式就屬懸疑小說（那幾年我們這方面的成就實在乏善可陳。戰後嬰兒潮世代的人在藝術、政治和性生活的表現都滿遜的）。也許批評挑剔的人少一點比較會有好的創作吧。自法蘭克·諾里斯（Frank

---

1 一九八八年創刊的恐怖作品雜誌，九二年開始出版書籍。

2 一九七九年創刊的恐怖電影雜誌。

Norris）的《麥克悌格》（*McTeague*）後便是如此，那也是凱探寫得出來的作品（不過凱探的版本大概會刪掉許多煩人的對話，大幅縮短……到剩下兩百三十二頁左右吧）。

《鄰家女孩》——這個詞本身便呈現出迷濛、溫和浪漫、漫步於微光中、在學校體育館跳舞的畫面——以典型的五〇年代場景做開場，由一名年輕男孩口述。很多故事都這樣，如《麥田捕手》、《一個人的和平》（*A Separate Peace*），和我自己的小說《總要找到你》（*The Body*）。故事一開始（繼一整章的序曲之後）便非常《頑童歷險記》：一名臉龐晒得黝黑的男孩，光著腳，頂著夏日的豔陽，趴在河裡的石頭上，拿錫罐抓小龍蝦。這時瑪姬來了，她漂亮，綁著馬尾，芳齡十四。當然了，瑪姬剛剛搬來，她和妹妹蘇珊住在獨力撫養三名兒子的單親媽媽蘿絲家裡，其中一名男孩是大衛小時候最要好的朋友（想當然耳）。他們一群人晚上都會擠在蘿絲．錢德勒家的客廳電視機前，看各種情境喜劇和西部片。凱探以簡潔精準的方式喚起五〇年代的氛圍——音樂、小國寡民的郊區生活、錢德勒家地下室的防空室代表的各種恐懼，然後抓住他營造出來的表象，輕而易舉地將之全面翻轉。

首先，在大衛的家裡，父親並非無所不知；這位父親是個無可救藥的花心男子，婚姻岌岌可危。大衛也知道這點，「老爸的外遇機會不斷，而且來者不拒。」他說，「從早到晚都會遇到馬子。」這諷刺淡淡的，威力卻絲毫不減；等你發現到痛，你已又繼續往前走一大段了。

由於一場意外車禍，瑪姬和蘇珊來到了錢德勒家（哪天真該有人研究一下車禍情節對美國文學的影響）。一開始她們似乎跟蘿絲的孩子相安無事——吠吠、唐尼和小威利——還有蘿絲本人，一位隨和、愛聊天、香菸一根接一根，孩子們若能對父母守口如瓶，就讓他們喝啤酒的女人。

凱琛的對話寫得很精采，蘿絲的話聽來銳利而帶點焦躁。「你們要記取教訓哪，各位男生。」有一次她說，「要記住這個，很重要的。你們只要隨時對一個女人好，她就會幫你做一堆事情。大衛對瑪姬好，人家就送他一幅畫……女生很好把的……給她們一點好處，就讓你予取予求。」

對於兩位心靈受傷的女孩，你大概會認為這是最適合的治療環境，她也是最好的大人，應該吧……可惜我們面對的作家是傑克・凱琛，他才不玩那一套。以前不玩，以後大概永遠也不會。

講話戲謔、看來溫和善良的蘿絲，精神其實正漸次崩解，慢慢墜入暴力與妄想的深淵。她是一個可怕但平凡的壞人，正適合艾森豪那個時代。作者從未解釋她出了什麼毛病。蘿絲和一群在她家廝混的小鬼用一句話做為護身符——千萬別說出來。那句話可以算是五〇年代的代表金句，小說裡每個人物都牢記在心，直至不可收拾的地步。

最後，凱琛對孩子們的興趣反而比對蘿絲高——不只是錢德勒家的男孩和大衛，還包括所有在錢德勒地下室進出、凌虐並謀害瑪姬的孩子。凱琛在意的是艾迪、黛妮絲、東尼、肯尼、葛蘭，以及五〇年代每一個愚昧的不良少年，那些理著平頭、髮上塗蠟，膝蓋因打棒球而滿是疤痕的孩子。有些像大衛這樣的小孩不只旁觀，甚至動手。有的參與其中，最後夥同拿起燒燙的針，在瑪姬的肚皮上刺下「I FUCK FUCK ME」的字樣。他們來來去去，看電視、喝可樂，吃花生奶油三明治……

沒有一個人洩漏口風，沒有人去阻止地下室裡的慘事。那簡直是一場噩夢。幸福的表象下隱藏著猙獰可怖的情節。小說之所以成功，不是因為凱椮對郊區生活的精準描繪，而是因為我們不得不相信——一群冷漠的孩子，一個鼓吹惡行的成人，再加上莫管他人瓦上霜的心態——這種事是可能發生的。畢竟當年確實有個叫凱蒂·吉諾維斯（Kitty Genovese）的女人在紐約的巷弄裡掙扎數小時，最後還是活活被刺死。她不斷尖叫求救，目睹的人很多，卻無人出面阻止，甚至沒有人打電話報警。

他們一定是把「千萬別說出來」奉為圭臬了……其實，從「千萬別說出來」，到「我們去幫個忙」大概只有一線之隔吧？

敘述者大衛是小說裡的好人，難怪他會為蘿絲地下室裡最後的那場大屠殺自責不已。因為善良是一種責任，也是一種狀態。他知道眼前發生的事是錯的，自然比那些缺乏道德、燒灼、割刺並性侵鄰家女孩的孩子更愧疚。這些事大衛都沒參與，但他也沒把錢德勒家的事告訴爸媽或去報警，因為他其實還是想要參與的。當大衛終於挺身而出，讀者才有了滿足感——這是凱椮施捨給我們的一道清冷陽光——卻又同時恨他未能及早行動。

如果讀者對這位可鄙的敘事者只覺得憎恨，那麼《鄰家女孩》便會像布萊特·伊斯坦·伊利斯（Brett Easton Ellis）的《美國殺人魔》（*American Psycho*）一樣，在道德拿捏上失了分寸。大衛也許是凱椮筆下最能引發讀者共鳴的角色了，他跟伊利斯所寫的色情商相差了十萬八千里。大衛的複雜心理使本書更能引發回響，這在他早期作品十分罕見。讀者會同情大衛，了解他一開始為何不願去告發蘿絲，因為蘿絲對孩子沒有歧見，不會當他們是礙手礙腳的討厭鬼，我們也能了解，大衛何以無法辨識是非。

「有時，這部電影會變得頗像六〇年代末期的片子。」大衛說，「大部分像外國片——讓人覺得置身於某種迷人而深具催眠作用的朦朧幻影中，畫面飽含層層疊疊的意涵，最後卻又了無意義。演員則個個頂了張撲克臉，面無表情而被動地飄過一個個噩夢般的場景。」

對我而言，《鄰家女孩》最傑出的就是到最後，讓我能以自己的觀點去接受大衛——但在某方面又很排斥。就像吉米·湯普森的《體內殺手》中那位一面獰笑、一面痛毆殺人的神經警長勞·福特。

當然，大衛比勞·福特可愛多了。

所以才會這麼令人搖頭。

傑克·凱琛是一位天生的小說家，他對黑暗人性的了解，也許只有法蘭克·諾里斯與麥爾坎·勞瑞（Malcolm Lowry）能夠匹敵。凱琛善於為讀者創造緊張懸疑，令人欲罷不能。（華納出版的《鄰家女孩》平裝封面是一名啦啦隊員的骷髏，跟書中內容毫不相干，看起來反而像是安德魯絲〔V. C. Andrews〕的恐怖浪漫作品，或史坦恩〔R. L. Stine〕的青少年恐怖小說）。凱琛是懸疑高手，小說也非常好看，卻遭到封面和呈現方式的嚴重扭曲，就如同吉米·湯普森的小說封面一樣，無法如實展現作品內容。《鄰家女孩》的生動，不是安德魯絲的作品所能比擬，大多數的大眾小說都達不到這樣的境界；這部作品不僅保證恐怖，更是真的令人毛骨悚然，卻又讓人放不下手；真正的欲罷不能。讀者害怕讀下去，卻又忍不住要看。凱琛在主題上的企圖心雖然低調，卻十分宏大；然而他的企圖心並未妨礙小說家的主要工作——以優雅或邪惡的手段去誘騙讀者。凱琛的手段大都是邪惡的……可是天哪，那手段可真誘人啊。

《鄰家女孩》遠遠勝過愚蠢感傷的《香杉市慢步華爾滋》（*Slow Waltz in Cedar Bend*），或不痛不癢、詭計連連的《造雨人》（*The Rainmaker*），只看《紐約時報》暢銷排行書籍的讀者，很難認識凱琛。不過我覺得，少了凱琛，我們的文學經驗會變得較為貧乏。他是個貨真價實的標竿，是優秀的作家，少數在「精英作家圈」之外真正具有分量的人。吉米・湯普森在許多同儕精英作家的作品絕版、被遺忘後，依然不斷再版與被閱。同樣的情形必然會發生在傑克・凱琛身上……只是我希望他能像湯普森，在死前便享受到成果。像《鄰家女孩》這種勢必會引起注意與評論的作品，必然可將他往成功推進一步。

一九九五年六月二十四日

於緬因州，邦格

告訴我啊勇敢的船長
惡人為何如此強勢？
天使如何忍心安睡
任魔鬼挑燈夜戰？

——湯姆・威茲（Tom Waits）

我從來不想聽到別人夢裡的少女尖叫。

——特別人物合唱團（The Specials）

背負罪惡的靈魂，無法逃逸。

——艾利思・默多克（Iris Murdoch），《獨角獸》（*The Unicorn*）

第一部

第一章

你自認了解痛嗎？

去跟我的第二任老婆說吧，她懂，或者說她自以為懂。

她說她在十九或二十歲時，有次夾在兩隻互鬥的貓兒中間——她家的貓，和鄰居的貓——結果遭其中一隻攻擊，把她當樹爬，在她的大腿、胸口和肚子抓出到今天還清晰可見的深痕，她嚇壞了，重重跌在媽媽的古董櫃上，把她最好的瓷盤打破。接著貓兒張牙舞爪、毛髮倒豎地再次向她撲來，又從她肋骨上刮下六英寸的皮。我記得她好像說縫了三十六針吧，而且還發燒好幾天。

我第二任老婆說那才叫痛。

那女人懂個屁。

我的第一任老婆艾薇琳也許比較懂吧。

她有個忘不掉的景象。

一個燠熱的夏天早晨，她開著租來的富豪汽車跑在被雨濡溼的高速公路上，旁邊是她情人。她知道燙熱的路面剛下過雨，十分溼滑，因此小心、慢慢地開著，結果一輛福斯超車後拐進她的車道，掛著「不自由吾寧死」的擋泥板滑過來，擦撞到富豪的防撞桿，接著車子就失控了。富豪開始打轉、偏斜、滑過路堤，她和她情人突然在空中翻飛，有如無重力旋轉，頭上腳下、再頭下腳上。不知何時，她的肩膀被方向盤擊斷，照後鏡刺破她的手腕。

後來車子不再打滾，油門在她頭頂正上方。艾薇琳尋找男友的身影，可是他不在車裡，像變魔術一樣不見了。她找到駕駛座旁的車門，打開爬出來，到了外邊的溼草地上。她站起來望過雨幕，看到令她終生揮之不去的景象——有個人像去了皮的活血袋，躺在車子前方滿地染血的碎玻璃裡。

那血袋就是她的情人。

所以說，她比較懂，雖然她把記憶隱藏起來，雖然她夜裡還是能夠入眠。

可是她知道，痛，並不只是受到侵略的肉體在抱怨疼痛而已。

痛可以由外而內。

我的意思是，有的時候，你「看到」疼痛。看到那種最殘酷、最純粹的痛的形式，亦即沒有藥物、睡眠，甚至震驚或昏迷來幫你減緩的痛。

你看到了、記住了，那痛就變成你的了。

你被一隻白色的長蟲寄生，蟲子在你的內臟裡慢慢啃食茁壯，最後有天早上你開始咳嗽，蟲子便像第二根舌頭似地從你嘴巴裡鑽上來。

不，我的老婆其實不懂，不全然懂，雖然艾薇琳比較接近。

可是我懂。

你們就相信我吧。

我已經那樣很久了。

這些事發生時我們都還只是小孩，而且是稚氣未脫的小鬼。你很難相信現在的我就是當年的我。我現在躲了起來，而且掩飾得很好。小孩子都有第二次機會，我覺得自己就是在改過自新。

只是，經歷兩次風風雨雨的離婚後，那蟲子又開始啃噬我。

我總愛認為是五〇年代的關係，那個奇怪、壓抑、神祕兮兮又歇斯底里的年代。我會想到麥卡錫[3]，雖然我不記得那時曾把他放在心上，只是好奇老爸幹麼每天下班匆匆趕回家，看電視播報的聽證會；我想到冷戰，學校地下室的防空演習，以及我們觀賞的原子彈測試影片——百貨公司的人

3 Joe McCarthy，美國參議員，白色恐怖主導者。

體模特兒爆開，飛過仿製的客廳、碎片四射。我想到用蠟紙包妥、藏在小溪後頭，過一陣子發霉到你不敢去碰的《花花公子》和《男人行》雜誌；我想到十歲時，搖滾樂在派拉蒙公司的艾倫・菲德秀造成轟動，路德教會的戴茲神父把貓王罵到一文不值。

我告訴自己怪事發生了，美國就要出大事，到處都在出狀況，不只是蘿絲家裡，而是遍地都是。有時若那樣去想，事情就會變得容易許多。

就是我們做的**那件事**。

我今年四十一歲，生於一九四六年，美國在廣島投下原子彈後十七個月出生。法國畫家馬蒂斯剛滿八十。

我年薪十五萬美元，在華爾街證券交易所工作，結過兩次婚，沒有小孩，家住萊伊，在紐約市裡還有一間公司分配的公寓。我到哪兒幾乎都坐禮車，不過在萊伊則開藍色賓士。

我大概又要結婚了，我所愛的女人對我現在所寫的東西毫不知情——我兩名前妻也是——我也許永遠不會跟她說。何必提呢？我事業有成，為人溫和慷慨，是個體貼細心的情人。

自從一九五八年夏天，蘿絲、唐尼、威利，以及其他所有人遇見瑪姬・羅林和她妹妹蘇珊之後，我的日子就全走樣了。

第二章

我獨自待在小溪邊，手裡拿著錫罐，肚皮貼著巨石撈小龍蝦。我旁邊一個更大的罐子裡已經有兩隻小的，我正在找牠們的媽媽。

小溪在我兩側奔流，飛沫濺在我晃在水面上的光腳丫。溪水冰涼，陽光暖熱。

我聽到樹叢裡有聲音，便抬起頭，看到築堤上有個我這輩子見過最美的女孩，她正在對我微笑。她有雙修長晒黑的腿，長髮綁成馬尾，穿著短褲和淡色開領襯衫。我那時十二歲半，女孩的年紀稍大。

我記得對她回笑，雖然我很少對陌生人表示友善。

「小龍蝦。」我倒掉錫罐裡的水。

「真的嗎？」

我點點頭。

「大隻的嗎？」

「小的，不過可以找到大隻的。」

「我能看看嗎？」

她沒先坐下，反而像個男生一樣左手一撐，從三英尺高的堤上一躍而下，跳到第一顆過河的大石。女孩研判了一下，然後踏過一排石頭，來到巨石邊。我滿詫異的，因為她沒有猶豫，而且平衡感絕佳。我騰出空位給她，身邊突然飄來一股清新的香氣。

女孩的眼睛是綠的，她四下看了看。

當時，我們所有人都覺得巨石很特別。這石頭踞立在小溪中央最深處，清澈湍急的溪水圍繞著它流。石上坐得下四個小孩（站著的話六個）。那是我們的海盜船，是尼莫船長的鸚鵡螺號，也是探險家的獨木舟。今天水深大概三英尺半，女孩在石頭上似乎很開心，一點也不害怕。

「我們叫這顆石頭『巨石』，」我說，「以前都那樣叫啦，我是說我們還小的時候。」

「很不錯啊，」她說，「我可以看看小龍蝦嗎？我是瑪姬。」

「我叫大衛。沒問題。」

「有意思。」

她低頭看著罐頭裡面，一會兒後，我們什麼都沒說，瑪姬仔細看著小龍蝦，再次挺直身體。

「我只是抓來觀賞一下就要放走了。」

「它們會咬人嗎？」

「大隻的會，但傷不了人，小的就只會逃而已。」

「它們看起來很像龍蝦。」

「妳以前都沒看過小龍蝦嗎？」

「我不覺得在紐約市裡會有。」她大聲笑著，但我並不介意，「不過我們有龍蝦，它們可是會咬人的。」

「能養嗎？我是說，沒人把大龍蝦當作寵物養或什麼的，對吧？」

她再次哈哈大笑，「不行，龍蝦是拿來吃的。」

「小龍蝦也不能養，牠們會死掉，頂多活個一、兩天，不過聽說也有人拿來吃。」

「真的嗎？」

「嗯。有些人會吃，路易斯安那或佛羅里達那邊的人好像會。」

我們看著罐子裡。

「是嗎？」她微笑道，「看起來好像沒什麼肉。」

「我們去抓幾隻大的。」

我們趴在巨石上，我拿起罐頭，兩手滑入溪裡。要訣在於你得慢慢的，一次翻開一顆石頭，免得把水弄濁，然後拿好罐子守株待兔，以便逮到任何從石底下溜出來的東西。水很深，我把短袖一路捲到肩上。瑪姬一定覺得我的臂膀又長又瘦，因為我自己也這樣覺得。

老實說，在她身邊我覺得怪怪的，不太自在，卻又很興奮。她跟我認識的女生不一樣，和附近的黛妮絲或雪莉，甚至學校裡的女孩都不同。她至少比她們漂亮一百倍，我覺得她比女星娜塔莉·伍德還美，或許也比我認識的女生都聰明、有氣質。畢竟人家是住紐約市的，而且還吃過龍蝦。她的動作帥氣得和男生一樣，體格健美，還有一種優雅氣息。

這一切令我緊張萬分，抓丟了第一隻。那小龍蝦不算太大，但比我們手邊的大。小龍蝦匆匆躲回巨石底下。

瑪姬問她能不能試一試，我把罐子遞給她。

「紐約市呀？」

「沒錯。」

她捲起袖子，把手探進水裡，就在這時，我注意到她的疤。

「媽呀，那是什麼？」

疤痕像條蠕動的粉紅色長蟲，從她左手肘內側延伸到手腕上。她發現我盯著看。

「意外造成的，」她說，「當時我們在車裡。」說完，她又回頭望著水裡，倒影在水面搖搖晃晃。

「媽呀。」

瑪姬似乎不願多談。

「還有別的傷嗎？」

我不知道為什麼男生對疤痕那麼感興趣，但我們就是這樣，與生俱來。我實在忍不住，沒法閉嘴不談，雖然我們剛認識，我也知道她希望我住嘴。我看著瑪姬把一顆石頭翻過來，底下啥都沒有。不過她的動作很俐落，沒把水弄濁。我覺得她很酷。

瑪姬聳聳肩。

「不多，但那一個是最嚴重的。」

「我可以看嗎？」

「不行，別鬧了。」

她大笑，然後意有所指地看著我，我就瞭了。我真的乖乖住嘴了一會兒。

瑪姬翻開另一顆石頭，下面沒東西。

「我猜很嚴重吧？那場車禍？」

她壓根兒沒回答，我不怪她。我一說完便知道自己的問題很蠢、不恰當，又超不看場合。我紅著臉，幸好她沒在看。

接著瑪姬抓到一隻了。

石頭一翻，小龍蝦便往後退，進入罐子裡，瑪姬只需把罐子撈上來就行。

她倒掉一些水，將罐子一斜，朝向陽光，你可以看到牠們漂亮的金黃色。小龍蝦抬起尾巴，揮動兩隻鉗夾，在罐子底衝撞，想找人打架。

「妳抓到啦！」

「第一次就抓到了耶！」

「太棒了，真的很大隻耶。」

「我們來把牠跟其他幾隻放在一起。」

她緩緩將水倒出，免得驚擾到牠或不小心倒掉，等罐子裡只剩一英寸左右的水，再咚地把牠倒進大罐子裡。罐中原有的兩隻小龍蝦讓出一大塊地盤給牠。很好，因為有時小龍蝦會互相殘殺，殺掉自己的同類，而這兩隻只是小傢伙而已。

過了一會兒，新來的小龍蝦冷靜下來，我們便坐在那兒觀賞。牠看來樸實簡約，凶狠而美麗，色澤鮮亮，造型一流。

我把手指伸進罐子裡逗牠。

「別這樣。」

瑪姬拉住我的臂膀，那手又涼又軟。

我抽回手指。

我拿了一片箭牌口香糖給她，自己也吃一片，好一會兒，只聽得到風呼呼吹過堤上的長草，掃得溪邊樹叢簌簌有聲，以及昨夜下過雨後湍急的水流，和我們嚼食口香糖的聲音。

「你會放牠們回去吧？會吧？」

「當然，我一向會放牠們走。」

「很好。」

她嘆口氣，站起來。

「我好像得回去了，我們要去買東西，不過我想先到處看看——我的意思是，以前我們家都沒林子。謝謝你，大衛，這很好玩。」

她踏著石子走到半途時，我才想到問她。

「喂！妳要回哪兒？妳要去哪裡？」

她笑了笑，「我們住在錢德勒家，蘇珊和我。蘇珊是我妹妹。」

接著我也站起來，好似被人用隱形線繩突然拉起。

「錢德勒？是蘿絲家嗎？唐尼和威利的媽媽？」

瑪姬已越過河，她回頭瞪著我，臉上表情陡然改變，有了戒心。

我沒再接腔。

「沒錯，我們是表親，二等表親。我算是蘿絲的外甥女。」

我覺得她的語氣變得怪怪的，好像在刻意壓抑——彷彿有什麼事不想讓我知道。在告訴我的同時又想隱瞞什麼。

我有點困惑，我想她也是吧。

那是我第一次看她那麼慌張。就連剛才被我看到疤，她都沒那樣。

不過我並沒放在心上。

因為錢德勒家就在我家隔壁。

而且蘿絲很……嗯，蘿絲人很好，雖然她幾個兒子有時滿爛的，但蘿絲人不錯。

「喂！」我說，「我們是鄰居耶！我家就是隔壁那間咖啡色的房子。」

我看著瑪姬爬上築堤，等她到了上面，回過頭又恢復剛開始在巨石、坐在我旁邊的開朗笑容。

她揮揮手，「再見，大衛。」

「再見，瑪姬。」

太好了，我心想，真棒，以後我就能常看到她了。

那是我第一次有那種念頭。

現在我明白了。

那天在巨石上，我煞到了自己青春時期的對象。這個叫瑪姬．羅林、大我兩歲的陌生女孩，她有個妹妹、有個祕密，還有一頭紅色長髮。那次經驗自然令我對自己充滿信心，甚至想到我的未來

——以及她的未來的種種可能，並因此開心不已。

每當我想起這一點，便對蘿絲．錢德勒深惡痛絕。

蘿絲，那時妳很漂亮。

我經常想起妳——不，我研究過妳，我甚至去挖掘妳的過去。有一天，我把車停到妳常跟我們提的霍華大道辦公大樓對面。妳說以前男人都去打仗，去打那個終結一切戰爭的二次大戰，都是妳在掌管一切——辦公室不能沒有妳，可是「那些該死的美國大兵又大搖大擺地回來了」，妳就突然失業。我把車停在那兒，大樓看起來很普通哪，蘿絲，那裡看起來骯髒、陰暗且沉悶。

我還開車到妳出生的莫里斯鎮，那裡也不怎麼樣。當然了，我並不知道妳娘家在哪裡，但我實在看不出妳那些已破碎的夢曾經在什麼地方，看不出妳爸媽會用錢寵妳、供妳揮霍，自然也看不出妳日後為何會如此憤怒。

我坐在妳先生老威利的酒吧——沒錯！——我找到他了，蘿絲！在佛羅里達的福特邁爾，自從他三十年前離開妳、三個可怕的小鬼和一屁股房貸，我發現他在開酒館，而且店裡都是老人。他是個溫和可親的男人，早過盛年——我坐在那兒注視他的臉，盯著他的眼睛，我們還聊了天。我根本看不出妳口中的那位衝動又「可愛」的愛爾蘭混蛋，那個凶狠的人渣。他根本是個老好人，酒糟鼻、啤酒肚、鬆垮垮的褲子，一副從沒凶過人的模樣，蘿絲，我真的很訝異。好像那股狠勁兒生在別的地方似的。

所以到底是怎麼回事，蘿絲？這全是謊言嗎？全是妳自己編出來的嗎？

我不會輕易放過妳的。

又或者，對妳來說，謊言與真實一到了妳那兒就全變得一模一樣。

可以的話，我想努力改變那種情形，我想說出我們的小故事，從現在起，盡可能有話直說、不被打斷。

我這是為妳寫的呀，蘿絲，因為我從來沒有真的償還過妳。

這是我的支票，逾期且透支的支票。

妳拿到地獄裡去兌現吧。

第三章

第二天一大早我就到隔壁了。

我記得我有點害羞，感覺怪怪的，很不一樣，因為去隔壁串門子本來是再自然不過的事。那是夏日的清晨，大家都這麼做。起床、吃早飯，然後走到外頭，看看四周有哪些人。通常我會先到錢德勒家晃一晃。

桂冠大道當時還是條死路（但現在已經不是了），只是一條切入西梅波南邊一片半圓形林地的短徑，大概只有一英里長。一八〇〇初期，路剛開，裡頭還長滿高大濃密的初生林，被稱為「暗巷」。現在那些木料都不見了，可是路還是相當安靜漂亮，到處都是樹蔭，每棟房子各具風情，而且相隔都很遠。

這塊地方依然只有十三棟房子。蘿絲家，我家，往上坡過去，與我們家同邊的五戶，以及對街的六棟房子。

除了佐恩家之外，每家都有小孩，而且彼此認識，就像兄弟姊妹。所以如果你想找伴，總是可以在小溪、山楂林或某人家的院子裡找到——通常是那一年擁有最大塑膠水池或最大箭靶的一家。

如果你想搞失蹤也很容易，因為林子很大。

我們自稱「死巷黨」。

這裡向來是個小圈子。

我們有自己的江湖規矩，自己的神祕事物和祕密；我們有自己的尊卑順序，壞了規矩就得受罰。我們已經很習慣那樣。

可是現在街區來了新人，一個住在蘿絲家的新人。

感覺好怪。

尤其正因為是「她」。

尤其正因為在蘿絲家。

感覺的確非常奇怪。

洛菲蹲坐在石頭花園外，大概是八點吧，他卻已經一身髒。臉上、手臂和雙腿淨是一條條汗跡汙斑，好像奔跑了一整個早上，再噗地一下跌在土裡，而且是跌好幾次。就我對洛菲的認識那是很有可能的。洛菲十歲，我這輩子好像沒見過他保持乾淨超過十五分鐘，他的短褲和T恤已變得又乾又硬。

「嘿，吠吠。」

除了蘿絲沒有人喊他洛菲——大家都喊他吠吠。他若興致一來，可以叫得比羅伯森家的巴吉度犬米奇更像真的狗。

「嘿喲，大衛。」

吠吠正在翻石頭，看馬鈴薯甲蟲和千足蟲匆匆走避光線，可是我看得出他對蟲子沒興趣。他一個接一個地翻開石頭，翻了又丟回去。吠吠旁邊放了一個利比牌的利馬豆罐子，他不停地移動罐子，一邊翻石頭一邊把罐子挪到他結了痂的膝蓋旁。

「罐子裡面是什麼？」

「夜色蟲。」他還是沒看我，只是專注地皺著眉，用他特有的神經質動作移動，就像即將在實驗室裡找到重大發現的科學家，只希望你千萬別煩他，讓他繼續工作。

他又翻開一顆石頭。

「唐尼在嗎？」

「嗯。」他點點頭。

這意思是唐尼在屋裡。光想到要進屋我就有點緊張，所以又跟吠吠耗了一會兒。他翻開一大粒石頭，顯然找到了他要找的東西。

原來是紅螞蟻。石頭下有一群紅螞蟻——成千上百隻的螞蟻乍然見光，開始驚惶四竄。

我從來不喜歡螞蟻。以前螞蟻想爬過門廊前的臺階進我家時——不知為何，這種事每年夏天都發生——我們就會煮上幾鍋開水，把水倒到它們身上。那是我老爸的點子，但我覺得很讚，拿滾水燙螞蟻最讚了。

我可以聞到它們的碘酒味，再加溼土和新割的草。

吠吠推開石子，伸手到罐裡抓出一隻夜色蟲，接著又一隻，然後把蟲扔進螞蟻堆。

他在距離三英尺的地方幹這件事，彷彿拿蟲子的肉去轟炸螞蟻。

螞蟻發現粉軟的蟲肉後立即有了反應，蟲子開始扭動抽搐。

「噁死了，吠吠，」我說，「實在太噁了。」

「我在那邊找到一些黑色的，」他指著門廊另一邊的石頭說。「大隻的耶，我要把它們抓起來丟到這邊的螞蟻窩，讓它們去螞蟻大戰。要不要賭哪邊會贏？」

「紅螞蟻會贏，」我說，「一向都是紅螞蟻贏。」

那是真話。紅螞蟻很兇，而且這事對我來說已經不新鮮了。

「我有另一個點子，」我說，「你何不把你的手伸過去，假裝你是金剛之子或什麼的。」

他看著我，作勢思考，然後微微一笑。

「我才不要，」他說，「那太智障了。」

我站起來，蟲子還在蠕動。

「再見，吠吠。」我說。

我走上臺階來到門廊，敲敲紗門，然後走進去。

唐尼只穿了條發皺的白色四角褲，大剌剌地躺在沙發上。唐尼只比我大三個月，但胸膛肩膀都比我壯很多，而且最近他也步上他老弟小威利的後塵，開始長出肚腩，看起來實在不怎麼美觀。

不知瑪姬跑哪兒去了。

他從《塑膠人》裡抬起頭來看我。我已經不太看漫畫，因為自從五四年的漫畫規定[4]出爐後，就再也看不到像《神祕之網》那樣的漫畫了。

「你還好吧，大衛？」

蘿絲剛在燙衣服，燙衣板斜靠在角落，還可以聞到燙過的布香。

我四下巡視。

「很好啊。其他人咧？」

4　一九五四年，美國漫畫雜誌協會為控制漫畫中出現的性、暴力、恐怖以及犯罪內容制訂的條例規定。

唐尼聳聳肩，「去買東西了。」

「威利去買東西？你是在開玩笑吧。」

他闔上漫畫站起來，笑了笑，搔搔自己的腋窩。

「沒啦，威利跟牙醫九點有約，他有蛀牙，痛得半死。」

唐尼和小威利出生只差一個半小時，但不知怎地，小威利生了一口爛牙，唐尼就沒有。威利老是去看牙醫。

我們哈哈大笑。

「我聽說你見過她了。」

「誰？」

唐尼看著我，我猜我騙不了人。

「噢，你表姊啊，是啊，昨天在巨石見過了，她第一次就抓到小龍蝦了欸。」

唐尼點點頭，說：「她學東西很快。」

這讚美聽起來不帶感情，可是對唐尼而言——尤其是談到女孩——已經算很尊重了。

「走吧，」他說，「你等一下，我去穿衣服，然後我們去看看艾迪在幹麼。」

我發出呻吟。

桂冠大道所有孩子裡，艾迪是唯一令我避之唯恐不及的人。他是個瘋子。

記得有一次，我們玩棍子球玩到一半，艾迪從街上走來，打著赤膊，齒間咬著一大條黑色活蛇。這野蠻人把蛇丟向吠吠，吠吠尖聲大叫，又丟向比利．柏克曼——其實他根本是把蛇抓起來丟向所有小小孩，邊揮著蛇邊追他們，直到蛇在地上摔了無數次，最後半死不活，變得再也不好玩。

艾迪會讓你很麻煩。

艾迪想找的樂子就是幹些危險或犯法的事——甚至最好兩者兼具：在施工的房屋橫梁上行走，拿野蘋果扔橋上來車——然後逃之夭夭。萬一別人被逮到或受了傷也沒關係，反正好玩嘛。如果是他被逮到或受傷，還是很好玩。

琳達和貝蒂．馬汀信誓旦旦地說，有一次她們看到艾迪把青蛙的頭咬下來。沒有半個人懷疑。

艾迪住我家對街的頭，住他隔壁的東尼和勞．莫里諾說，他們一天到晚聽見艾迪的老爸修理他，幾乎每個晚上都打，他媽媽和姊姊也無法倖免。我記得他媽媽是位溫和的高個子女人，有雙鄉下人的粗手。她跟我媽在廚房裡喝咖啡哭訴，右眼又腫又黑。

我爸說，郭克先生清醒時人還滿好的，可是一喝醉就很兇。我是不清楚啦，不過艾迪倒是遺傳了他老爸的脾氣，你從來抓不準他什麼時候會拿你開刀。等他脾氣一來，也許就掄起棍子或石頭動手打人了。我們身上都有疤，我不只一次被他欺負，所以現在盡可能避他遠遠的。

不過唐尼和威利很喜歡他。和艾迪一起混真的很刺激，即使他們知道艾迪很瘋。跟艾迪在一起，他們也會跟著變野。

「這樣吧，」我說，「我陪你走過去——但我不要待在那裡。」

「拜託啦。」

「我還有別的事要做。」

「什麼事？」

「反正有事嘛。」

「你能有什麼事？回家聽你老媽的派瑞·柯莫唱片嗎？」

我瞪他一眼，他便知道自己失言。

我們全都是貓王的粉絲。

唐尼大聲笑著。

「隨便你吧老弟，等我一分鐘，我馬上來。」

他回走廊，進自己的房間，我突然想到，現在瑪姬和蘇珊住在這裡，那他們怎麼安排寢室？我走到沙發拿起唐尼的《塑膠人》翻幾下，然後又放下。接著我從客廳晃到餐廳，蘿絲已洗好衣服、摺妥、放在餐桌上了，最後我到廚房打開冰箱，裡頭跟平時一樣擺滿可供六十人份的食物。

我對唐尼喊：「可以喝可樂嗎？」

「當然可以，順便幫我開一瓶行嗎？」

我拿出可樂，拉開右邊抽屜，拿出開瓶器，抽屜裡的銀器收放得整整齊齊。我總覺得蘿絲很怪，老是擺一大堆食物，食器卻只有五組——五根湯匙、五根叉子、五把刀、五把牛排刀，而且一根湯杓都沒有。當然了，就我所知，除了我們之外，蘿絲根本沒別的朋友。可是現在他們家有六個人耶，不知道她是不是非得再買些食器不可。

我打開瓶子，唐尼走出來，我把可樂遞給他。他穿著牛仔褲、休閒鞋和緊貼肚皮的T恤，我輕輕拍了一下他的肚子。

「你最好小心點呀唐尼。」我說。

「你才最好小心點，你這個死同志。」

「我是死同志？最好是。」

「你智障。」

「我智障？你才腦殘啦。」

「腦殘？女生才是腦殘，女生跟同志都是腦殘，你是腦殘，我是白金漢公爵[5]。」說著說著，他在我臂上捶了一下，我也回敬他一拳，兩人推打一陣。

5 *Duke of Earl*，六〇年代流行曲。

那時唐尼和我算是哥兒們。

我們從後門溜進院子裡，走車道繞到前頭，前往艾迪家。不走人行道是很酷的，我們走在馬路中央喝著可樂，反正路上從來沒有車。

「你弟弟在石頭花園裡殺蟲。」我告訴唐尼。

他回頭望，「他很可愛吧。」

「你覺得怎樣？」我問他。

「什麼怎樣？」

「跟瑪姬和她妹妹住啊。」

唐尼聳聳肩，「不知道，她們才剛到而已。」他喝了一大口可樂，打了個嗝，笑了笑。「不過那個瑪姬長得挺正點的，對吧？媽的！她竟然是我表姊！」

我不想評論，雖然我滿同意他的看法。

「不過是二等表親，你知道吧？那還是不一樣的，血緣不同……不過我也搞不清楚。以前我從沒見過她們。」

「從沒見過？」

「我媽說見過一次，只是我太小，不記得了。」

「她老妹長啥樣？」

「蘇珊嗎？不怎麼樣，只是個小鬼，好像才十一歲左右吧？」

「吠吠也才十歲。」

「是啊，誰理吠吠啊？」

那倒是真的。

「不過那次車禍她傷得很重。」

「你是說蘇珊嗎？」

唐尼點點頭，指著我的腰。「是啊，我媽說，從那兒以下全斷了，每根骨頭都斷了，臀部、大腿，所有骨頭。」

「媽呀。」

「她還是走得不太順，全身都裹了石膏，還有那個——叫什麼來的？——金屬的東東，綁在手臂上的那種棍子，可以撐住、挪動身體。得了小兒麻痺的小孩用的那種，我忘記叫什麼了，就像拐杖一樣。」

「天啊，她以後能再走路嗎？」

「她現在就能走啊。」

「我是指像正常人那樣。」

「不知道。」

我們把可樂幹光，也快到山頂了，我應該離開唐尼閃人，要不就得忍受艾迪。

「他們兩個都死了。」

唐尼只說到這裡。

我當然知道他在指誰，卻一時間會意不過來，腦筋卡住，因為那念頭實在太詭異。

父母不會憑空死掉，這種事不會發生在我們街區，當然更不會有車禍，那種事只會發生在別的地方，在比桂冠大道更危險的地方，在電影或書本裡，或在新聞主播華特．康凱的播報中。

桂冠大道是條死胡同，走在路中央都不會有事。

可是我知道唐尼沒說謊，我想起瑪姬不願多談車禍或傷疤的事。

我知道唐尼沒說謊，因為這種謊很難編。

我們繼續走著，我啥都沒講，只是茫然地望著他。

我看到瑪姬。

那是非常特殊的一刻。

就在那時，我知道瑪姬對我而言有種無可言喻的魅力。

霎時間，不只是因為她漂亮、聰明或擅長越溪——她幾乎變得如夢似幻，就像一個我從未見過、或可能會在書店或音樂演奏會場外遇見的人，像小說裡的女英雄。

我想起她在巨石邊的模樣，如今才明白那個躺在我身邊的女孩何其勇敢。我看到了恐懼、折磨、求存、災難。

與悲劇。

這些都發生在一瞬間。

我大概張開了嘴，唐尼以為我沒聽懂他的話。

「我是指瑪姬的爸媽啦，笨蛋，他們兩個都死了。我媽說他們一定是當場死亡的，根本不知被什麼給撞上——」他哼著說，「其實撞他們的是一輛克萊斯勒。」

唐尼的粗魯無禮將我拉回了現實。

「我看到她手臂上的疤了。」我告訴唐尼。

「是啊，我也看到了。很整齊的傷口吧？不過你應該看看蘇珊——她全身都是！噁心死了。我媽說她能活著算是好運了。」

「也許吧。」

「所以我們才會收留她們，因為沒別的人了，不到我們家，就得到孤兒院。」他笑了笑，「她們運氣不錯吧？」

接著唐尼說了幾句話，我是後來才想起的。當時他說的是實情，但不知怎麼，我就記住了，而且記得非常清楚。

唐尼在我們到艾迪家時說的那些話。

我看到自己站在路中央，正要轉身下山，避開艾迪——至少我那天不想見他。

當唐尼穿過草坪走向門廊，轉頭望著身後，對我丟下幾句話。他一派輕鬆，語氣卻極為真誠，好似正在傳福音。

「我媽說，瑪姬運氣很好，」他說，「我媽說，她輕易地就躲掉了。」

第四章

除了偶然瞥見（她出來倒過一次垃圾、或在花園裡除草），我隔了一個半星期後才又見到瑪姬。現在既然知道了整個來龍去脈，我反而更不知該如何接近她。我從沒這樣為誰悲傷，並練習怎麼對她說話，可是好像說什麼都不對。對一位剛痛失一半家人的人該說些什麼？這太難了，像顆難以攀爬的大石，所以我只好避開。

後來我跟著家人去蘇塞克斯郡探望姑姑，這是我們家每年的慣例，所以我有整整四天不用去傷這個腦筋，算是鬆了口氣。我之所以說「算是」，是因為那時我爸媽不到兩年後就離婚了，所以那次旅程糟糕透頂——去時在車裡冷戰了三天，回程時礙著姑姑和姑丈的面假裝歡天喜地，可是人家才不信這套，姑姑和姑丈不時互使眼色，好像在說，天啊，拜託這些人快走吧。

他們知道，大家也知道，我爸媽那時已經粉飾不了太平。

可是一回到家我又開始想瑪姬的事。我不曉得自己何不乾脆忘掉算了，瑪姬也許不願想起雙亡的父母，不希望我多談，但我就是沒想到，我覺得自己非得說點什麼，卻偏偏吐不出象牙來。反正我一定不能讓瑪姬覺得我是混蛋就對了。

我也會想到蘇珊。幾乎兩個星期過去，我還沒見過她。那實在有違常理，你怎麼可能住在某人隔壁卻從沒見過面？我想到她的腿，以及唐尼說她全身慘不忍睹的疤痕。也許她不敢出門吧，這我倒能理解。這幾天我自己也經常待在家裡，免得遇到她老姊。

不過這情況不會持續下去，因為那時已經是六月的第一週，基瓦尼遊樂節[6]來了。

錯失遊樂節，等於錯失整個夏天。

我們家對面半條街外有棟叫中央學校的舊校舍，學校有六間教室，我們小時候都在那兒上課，從一到五年級。他們每年都在學校操場上舉行遊樂節。自從我們大到可以自己過馬路，就會跑去那邊看工人搭建場地。

在那近距離觀看的一個星期裡，我們是城裡最幸運的一批小鬼。

遊樂節的場地由同濟會營運：飲食攤、遊戲攤、賭輪盤等。設施均由專業巡迴遊樂公司搭設，並由巡迴演藝團員管理。對我們來說，那些人簡直太詭異——粗壯的男男女女邊幹活邊叼著菸，同時瞇起眼睛，眨去在他們眼旁繚繞的煙氣。這些人身上淨是刺青、老繭、疤痕，還散發著油汗味；他們邊幹活邊飆三字經，順便灌啤酒，而且和我們一樣也在地上亂吐痰。

我們愛死遊樂節也愛死這些藝人了，你非愛不可。他們只用一個夏日午後就能把我們的操場從兩座菱形的棒球場、一條柏油路和一座足球場，變成一座由帆布和鋼鐵輪幅打造成的嶄新城市。他們手腳敏捷到令人瞠目結舌，就像一場魔幻秀，而這些魔術師笑起來都會露出金牙，二頭肌上還刺著「我愛維爾瑪」的字樣，實在酷斃了。

時間還早，我走近時，他們還在卸貨。

這時千萬別跟他們說話，因為他們太忙。等稍後他們開始搭設或測試機器，你就可以幫他們遞工具，甚至喝一口他們的啤酒。當地小孩畢竟是遊樂節的衣食父母，他們希望你晚上能帶著朋友家人同來，所以向來友善。可是卸貨時你只能在一邊看著，不能妨礙人家。

雀莉兒和黛妮絲已經到了，兩人靠在本壘板後的護網上透過網洞盯著看。

我站到她們旁邊。

氣氛好像有點緊張，原因不難理解。明明是早上，天色卻十分陰黑，像要變天似的。幾年前，有一次遊樂節期間每晚下雨，只有週四例外。碰到那種狀況大家都不好過。舞臺工作人員和表演人員都默默地板著臉工作。

雀莉兒和黛妮絲住在對門，兩人是朋友，但我覺得只是住得近罷了，她們沒什麼共通點。雀莉

---

6 Kiwanis Karnival，基瓦尼為美國的一個商業團體。

兒長得高高瘦瘦，膚色較黑，幾年後或許會是個美女，但彼時長手長腳，個頭比我高，而且小我兩歲。她有兩個兄弟——肯尼和麥卡。麥卡只是個小鬼，有時會和吠吠玩在一起。肯尼跟我差不多大，但低我一學年。

他們家三個小孩都乖巧安靜，父母（羅伯森夫婦）你根本惹不起，不過我想他們也不是那種會去惹別人的人。

黛妮絲是艾迪的姊姊，她完全是另一種類型。

黛妮絲急躁、神經質，幾乎和她弟弟一樣魯莽，而且很愛嘲弄別人，彷彿整個世界就是個爛笑話，而她是這裡唯一知道笑點的人。

「是大衛耶。」她光是念出我的名字就可以極度尖酸刻薄。我不喜歡那樣，但也不去理會，那是對付黛妮絲的辦法。如果激怒不了你，她就覺得沒意思，最後就會變得比較正常。

「嗨，雀莉兒，黛妮絲，他們蓋得如何了？」

黛妮絲說：「我想那邊的應該是旋轉杯，去年是擺大章魚的。」

「還是有可能是大章魚啊。」雀莉兒說。

「呃，看到那邊的臺子了嗎？」她指著那一大塊金屬臺，「旋轉杯有平臺，等他們把杯座搬出來，你們就知道啦。」

黛妮絲說得對，杯座搬出來後就發現的確是旋轉杯。黛妮絲跟她老爸和老弟艾迪一樣，很懂機械類的東西。

「他們擔心會下雨。」她說。

「他們擔心？」雀莉兒說，「我才擔心呢！」她戲劇性十足地嘆一口氣，我笑出來。雀莉兒有種很認真的特質，一看就知道她最愛的書是《愛麗絲夢遊仙境》。我其實滿喜歡她的。

「不會下雨啦。」黛妮絲說。

「妳怎麼知道？」

「我就是知道。」她一副由她決定下不下的模樣。

「看到那邊了嗎？」她指著一輛往足球場倒車的灰白色大卡車，「我敢打賭那一定是摩天輪，他們去年跟前年都架在那裡，要不要去瞧瞧？」

「好。」我說。

我們繞過旋轉杯以及正要放到碎石路上的小孩乘具，沿著橫亙於操場和小溪之間的鐵網，穿過一排遊樂帳篷，裡頭是玩套圈圈或扔瓶子之類的遊戲，來到操場。工作人員剛打開貨車的門，塗在車門上咧嘴而笑的小丑頭被從中切開。員工拉出一根根鋼架。

看起來的確像是摩天輪。

黛妮絲表示：「我爸說，去年亞特蘭大城有人掉下去，因為他們站起來。你有沒有站起來過？」

雀莉兒皺皺眉，「當然沒有。」

黛妮絲轉頭問我。

「你一定沒站起來過吧？」

我懶得理會她的嘲諷，黛妮絲總是拚命裝出自己最聰明的樣子。

「沒有，」我說，「我幹麼要站起來？」

「因為很好玩呀。」

黛妮絲露齒而笑。這樣本來應該很漂亮的，因為她有潔白的牙齒和漂亮細緻的嘴型，可惜她的笑容總是怪怪的，有種狂躁感，好像她並非真的開心，只是希望你那麼以為。

而且她的笑容總是消失得極快，令人坐立難安。

現在她就是那樣。黛妮絲還講了句只有我聽得到的話：「我在想之前的『突擊』。」

她直勾勾地看著我，一臉認真，好像還有後續的重點要講。我靜靜等待，心想她大概在等我回答。可是我沒接腔，只是轉過頭去看卡車。

突擊，天啊。

我不願多想突擊的事，可是只要黛妮絲和其他人在，我就不得不想。

事情始於去年初夏。我們一群人——我、唐尼、威利、吠吠、艾迪、東尼和勞・莫里諾，最後還有的黛妮絲——常常聚在蘋果園後，一起玩所謂的「突擊隊」遊戲，因為太常玩，不久就簡稱為「突擊」。

我不知道是誰的點子，也許是艾迪或莫里諾兄弟，反正有一天就變成這樣，爾後便一直這麼叫。突擊時，會有一個人當「鬼」，也就是突擊隊。鬼的「安全地帶」在果園，其他人則是在小溪附近山丘上野營的阿兵哥。以前我們更小時，會在那邊玩山大王。

我們是一群沒有武器的散兵，大概設定成某次戰役裡把武器弄丟了吧，有武器的人反而是突擊隊。武器是從果園弄來的蘋果，盡量能帶多少就帶多少。

理論上，突擊隊有突襲的特權。等他做好準備，就會從果園偷偷溜過來，穿過樹叢，突襲我們的營地。運氣好的話，鬼在曝光前會用蘋果打到其中一人。蘋果就是炸彈，被炸到的人就死了，淘汰出局。所以鬼的目標是在被逮前盡量多宰一些人。

鬼一定會被抓。

重點就在這兒。

突擊隊從來贏不了。

其中一個原因是，其他人都坐在一大片山丘上盯著你、等著你。除非草長過肩，你的運氣又好到不行，否則一定會被看見，根本沒有所謂突襲可言。其二，我們是七對一，鬼只有在幾碼外的果園裡才是「安全」的。所以鬼會一邊拚命往後頭扔炸彈，一邊瘋狂朝自己的大本營逃，一群人像狗兒那樣緊追在後，也許你能擊中其中一、兩個或兩、三個人，但最終仍會被制服。

就像我說的，那才是重點。

因為被捕的突擊隊會被綁到林子裡的樹上，兩手反綑背後，套住雙腿。嘴巴塞住，眼睛蒙著。

沒被淘汰的人想對他幹什麼都行，其他人——甚至是「死掉」的人——則在一旁觀看。有時我們會手下留情，有時則不。

突襲的過程只有半小時。

抓到後的折磨可能耗上一整天。

那實在滿恐怖的。

大家當然都不敢惹艾迪，我們不太敢抓他，因為他會違規，回過頭來對付你，然後就會變得很血腥暴力。萬一真的抓到他，該怎麼放他走也是很令人頭痛。假如你做了什麼惹他不高興的事，等於放走一窩馬蜂。

介紹他老姊加入的就是艾迪。

黛妮絲參加後，遊戲狀況便完全走樣。

一開始還像以往，大夥兒輪流當鬼，只不過多了個女生。

可是後來我們開始假裝禮遇女生，隨便她想當阿兵哥或突擊隊都行，沒讓她跟我們一起輪。因為她是新來的，因為她是女生。

黛妮絲也開始假裝，執意在被抓前宰掉我們所有人，好像那是一種挑戰，每天她都說她終於要贏了。

我們知道那是不可能的，因為黛妮絲的擊中率超差。

黛妮絲玩突擊從來沒贏過。

蕾妮絲十二歲了，有著捲捲的紅棕色頭髮，臉上長滿雀斑。

她已經長了點胸部，還有突起的淡粉乳頭。

我滿腦子想的都是那些，眼睛死盯著卡車、工作人員和鋼架。

可是黛妮絲還是不肯善罷干休。

「夏天了耶，」她說，「我們怎麼都不玩突擊？」

她明知道我們為什麼不玩，不過有一點她倒說對了——我們不再玩突擊的實情是當天氣變得太冷，也得加上因為有罪惡感。

「現在玩突擊有點嫌老了吧。」我說了謊。

她聳聳肩，「嗯，也許吧。又也許是因為你們男生沒膽。」

「可能吧，不過我有個點子：妳何不去問妳老弟，看他是不是膽小鬼。」

黛妮絲哈哈大笑，「是唷，當然。」

天空變得更暗了。

「快下雨了。」雀莉兒說。

工作人員也那麼認為，他們把鋼架跟防水布一起拖出來攤在草地上，以防萬一。他們動作很快，努力在下大雨前把摩天輪架好。我認出其中一人，他去年夏天也在，是個瘦長結實的金髮南方人，名叫比利．鮑伯（或吉米．鮑伯之類的），當時艾迪跟他要菸，他就給了，真是令人難忘。那男人正用大錘子敲擊輪子的零件，他被一旁的胖子逗得哈哈大笑，笑聲又高又尖，聽起來很娘。

你可以聽到錘子敲得咚咚響，以及身後卡車轟轟的引擎聲，還可聽到發電機和機器的運轉——接著雨水突然開始斷斷續續，重重落在乾硬的地面上。「雨來啦！」

我把襯衫從牛仔褲裡拉出來，領子罩住頭，雀莉兒和黛妮絲已經往樹林邊衝去。

我家比她們近，我並不在意淋雨，但那是暫時離開的好藉口，可以遠離黛妮絲。

我實在無法相信她竟然想談突擊。

驟雨應該不會持續太久，因為來得太急太大，也許等雨勢過後，其他孩子就會聚過來，到時候我就可以甩掉她。

我從擠在樹下的她們旁邊跑過去。

「我回去了！」我說。黛妮絲的頭髮貼在臉頰及額頭上，她又笑開，襯衫都要溼透了。

我看到雀莉兒向我伸出手，用瘦長的溼手臂晃了晃。

「我們能去你家嗎？」她大聲喊，我裝作沒聽見。雨點重重擊在樹葉上，我覺得雀莉兒不會有事，便繼續往前跑。

我心想，黛妮絲和艾迪真是一對活寶。

如果有人害我惹麻煩，一定是他們，不是姊姊就是弟弟——或兩人一起，再不會有別人。

我衝過蘿絲家時她正站在樓梯平臺上，伸手到信箱取信。蘿絲在門口轉過身，朝我微笑揮手，雨水如小瀑布似地從屋簷灑落。

第五章

我從來搞不清楚蘿絲和我媽之間到底有何過節，不過在我八、九歲時，她們倆便結下梁子。在那之前，遠在瑪姬和蘇珊搬過來前，我常去跟唐尼、威利和吠吠一起過夜，睡他們房裡的雙層床。威利有個壞習慣，他晚上上床都用跳的，數年來已跳壞好幾張床。威利一向橫衝直撞，蘿絲說，威利兩、三歲時把嬰兒床整個撞毀，廚房的椅子也被他弄得搖搖欲墜。不過他們現在寢室的雙層床很堅固，才能倖免於難。

自從蘿絲和我媽不對盤，我就只能久久去一次了。

記得小時候那些共度的夜晚，我們在黑暗中嘻鬧，玩上一、兩個小時，竊竊私語咯咯發笑，朝睡在下層的人吐口水，直到蘿絲進來開罵才肯睡。

我最喜歡的夜晚就是遊樂節之夜。面對操場的寢室窗戶一打開便能聽到風琴、尖叫和機器隆隆的運轉聲。

天空橘紅，在豔紅與藍的色塊襯托下宛如燎原的森林大火。大章魚在視野外的樹林後方旋繞。

我們知道外頭有什麼——畢竟我們剛剛從那邊回來，兩手都還是黏呼呼的棉花糖。可是這樣靜靜躺著聆聽聲音，不睡覺，非常有神祕感。我們羨慕大人和青少年，想像那些因為太小、還不能一邊尖叫一邊搭乘的機器有多麼恐怖刺激，一直想到鬧聲與燈光逐漸淡去，被準備上車回家、在街區走動的陌生笑聲取代為止。

我發誓長大後一定要當最後一個離開的人。

而今，我獨自站在點心攤前，啃著今晚的第三條熱狗，躊躇著接下來要幹什麼。

我已經把所有喜歡的設施玩過了，錢全輸在遊戲和賭盤上，口袋只剩要送我媽的一小隻陶瓷貴賓狗以資證明。

我吃過了糖霜蘋果、水果冰和披薩。

我和肯尼、麥卡一直玩，直到麥卡在轟炸機上坐得想吐，然後又跟東尼和勞・莫里諾以及琳達和貝蒂・馬汀玩到他們回家。是很好玩沒錯，可是現在只剩下我一個人。現在時間十點鐘。

還有兩個鐘頭。

稍早我看到了吠吠，但唐尼和小威利還沒來，蘿絲、瑪姬或蘇珊也沒出現。滿奇怪的，因為蘿絲向來很愛遊樂節。我本想過街看看怎麼回事，但那等於承認自己感到無聊，我還不打算那麼做。

我決定再多等一會兒。

十分鐘過後，瑪姬到了。

我正在賭運氣，押紅色七號，並打算再吃第二顆糖霜蘋果，這時卻看到瑪姬獨自從人群中慢慢走過來。她穿著牛仔褲和一件亮綠色的上衣——我突然不再害羞，連我自己都嚇一跳。也許我已經做好所有準備了吧。我先等自己又押輸後才走過去。

我有種打擾到她的感覺。

瑪姬正興奮地抬頭看著摩天輪，用手指將一束長長的紅髮撥到後面。當頭髮垂向她頭側時，我看到瑪姬手上有個東西閃了一下。

摩天輪轉得很快，頂端的女孩子正在大叫。

「嗨，瑪姬。」我說。

她看看我，笑了笑。「嗨，大衛。」然後又回去看摩天輪。

你可以從她張望的樣子看出她從沒坐過。我不禁懷疑她過的是哪種日子？

「很不賴吧？這比大部分的摩天輪都快。」

她又看著我，一臉興奮。「是嗎？」

「是呀，反正比遊樂地的那座快，也比伯特倫島的快。」

「好漂亮啊。」

我頗有同感。我一向喜歡摩天輪的悠遊自在，以及其他刺激遊樂設施所欠缺的單純目的與設計。這話我當時說不出來，但我向來認為摩天輪很優雅、很浪漫。

「要不要試試看？」

我聽到自己迫不及待地說。想死啊，我到底在幹麼？瑪姬比我大耶，說不定大了三歲，我真是瘋了。

我打算放棄。

她大概不懂我在做什麼。

「我是說，妳如果想坐又不太敢，我可以陪妳，我不介意。」

她大笑，我覺得彷彿架在喉頭的刀尖移開了些。

「走吧。」她說。

她拉起我的手帶我過去。

我愣愣地買了票，兩人踏進包廂坐下。我只記得她的手在夜裡涼風中溫暖而乾爽，手指細長有力，我羞紅了臉，因為我只是個十二歲的男生，跟一名幾乎是成熟女人的女生一起搭摩天輪。

接著老問題來了，在包廂升往頂端、等著要滿載其餘客人時，我們該聊些什麼？我的解決辦法是什麼話都不講。瑪姬似乎無所謂，沒有絲毫不自在，只是閒閒地坐在頂端，俯瞰底下的人們、遊樂節的串串燈光，以及我們在樹林後邊的住家。她淺笑盈盈，輕輕來回晃動車廂，哼著一首我不知道的曲子。

接著輪子開始轉動，瑪姬朗聲大笑，我覺得那是我聽過最開心、最好聽的笑聲。因為我邀她同遊，讓她如此快樂歡笑，我感到非常自豪。

就像我說的，輪子轉得很快，到頂後幾乎一片死寂，所有遊樂節的嘈雜都被拋在底下，彷彿被遮蓋起來，接著你俯衝而入，又從中轉出，迅速遠離喧鬧。到了頂端，你彷彿無重力似地飄在涼風之中，忍不住緊抓住橫桿，以免飛出去。

我垂下眼神看她握住橫桿的手，就在那時，我看到了戒指。月光下，那枚細細的戒指閃著微光。我用誇張的姿態欣賞著風景，其實主要是在享受她的笑顏和興奮的眼神，以及她胸口隨風起伏的衣衫。

接著遊程來到最精采處，輪子轉得更快，摩天輪用最優美暢快的方式自空中劃過，我看著她美麗開朗的容顏，倏然掠過滿天星斗、幽暗的校舍，接著又劃過遊樂節淡棕色的帳篷。她的秀髮在身後飄揚，接著隨我們再度升高，又向前盪過她的粉頰。我突然可以體會她最難過的那兩、三年，並感到好諷刺、好沉重。那簡直就是詛咒，我覺得太不公平了。我可以帶她坐摩天輪，但也只能做到這樣。真是太不公平了。

那感覺一閃即逝。等輪子轉完，我們在頂部等待，我看到她那麼開心，心中只覺得愉快。

我終於說得出話了。

「妳喜歡嗎？」

「天哪，我愛死了！我一直讓你請客耶，大衛。」

「我實在很難相信妳沒搭過摩天輪。」

「我爸媽……我知道他們一直都想帶我們去遊樂場玩，只是一直沒去成。」

「我都……都聽說了。我很遺憾。」

我說了，我終於說出來了。

她點點頭。「你知道嗎？最糟的是雖然想念著他們，卻知道他們回不來。有時我會忘記，以為他們只是去度假之類的，然後才想到，天啊，我真希望他們能打通電話來。我會很想他們，想到忘記他們死了。忘記過去那六個月真的發生過。很怪對不對？很瘋狂對不對？然後我一回過神……又回到現實裡。

「我常夢見他們，夢裡他們都是活著的，我們都好快樂。」

我看到她閃閃的淚光。她笑了笑，甩甩頭。

「就這樣。」她表示。

此時我們已往下降，前方只剩五、六個車廂，我看到下一批遊客等著要上來，接著看見扶桿底下，再次注意到瑪姬的戒指。她意識到我的眼神。

「這是我媽的婚戒，」她說，「蘿絲不喜歡我這麼常戴，可是我媽應該會喜歡。我絕不會把它弄丟，絕對不會。」

「很好看，很漂亮。」

她笑了，「比我的傷疤漂亮嗎？」

我臉紅了，不過沒關係，她只是在開玩笑。「漂亮多啦。」

輪子再次往下，只剩兩個車廂，時間像夢一般流逝，即便如此，對我而言還是太匆忙。我很不想結束。

「妳喜歡嗎？」我問，「住在錢德勒家？」

她聳聳肩，「我想還好吧，不過感覺不像在自己家，不像以前那樣，而且蘿絲有點……有點奇怪，雖然我想她是好意。」她頓了一下說，「吠吠也有點怪。」

「那倒是真的。」

我們大笑，不過她對蘿絲的評語令我不解。我想起第一天在小溪時她語氣中的保留與冷漠。

「再看看吧。」她說，「我想適應是需要時間的，對吧？」

我們已經來到下面，工作人員拉起橫桿，用腳將車廂穩住（我幾乎沒注意到他）。我們踏出車廂外。

「告訴你一件我不喜歡的事，」她說。

她用幾近呢喃的音量，好像怕有人聽見後跑去打小報告——好像我們是同儕，是共犯。

我很喜歡那種感覺，於是挨了過去。

「什麼？」我問。

「那間地下室，」她說，「我一點都不喜歡那間防空室。」

第六章

我懂她的意思。

以前老威利．錢德勒手很巧。

手巧，而且有點偏執。

因此我猜，赫魯雪夫[7]對聯合國說「我們將埋葬你們」時，老威利一定回罵放你媽的屁之類的話，然後在地下室為自己蓋了間防空室。

那是一間室中室，寬八英尺，長十英尺，高六英尺，完全按政府規格蓋成。從他們家廚房往下走，穿過堆在階梯下的油漆罐和水槽，經過洗衣機和烘乾機，轉過角落，再穿過一道帶門的沉重金屬門——原本是肉櫃門——便進入一間陰暗而帶霉味的水泥室。裡面至少比其他地方冷十度。

防空室裡沒有插頭，也沒有照明設備。

老威利在廚房地板底下釘了梁架，用粗木支撐。他用沙袋堵住屋外唯一的窗子，並在裡面覆蓋半英寸寬的粗鐵柵。他裝了必備的滅火器、電池用收音機、斧頭、鐵橇、電池用提燈、急救箱和瓶裝水。成箱的罐頭疊在一小張沉重的手工木桌上，旁邊有一個小爐具、旅行用鬧鐘和一架打氣筒，用來幫捲在角落的床墊充氣。

這些都是用牛奶工的薪水購置蓋成。

老威利甚至擺了一把鶴嘴鋤和鏟子，以便爆炸後能掘出去。

不過老威利省略了政府的一項建議——化學廁所。因為太貴，而且在裝馬桶之前他就走了。

防空室現在看來非常破爛——食物被蘿絲拿走，掛在牆上的滅火器掉下來，收音機和提燈裡的電池沒電了，而且三年來缺乏維護，東西都變得很髒。防空室會讓蘿絲想到老威利，所以她根本懶得去清理。

我們有時會在那兒玩，但是不常。

7 Nikita Khrushchev，曾擔任蘇聯最高領導人。

那裡挺恐怖的。

和牢房沒兩樣——不是防護用的避難室，而是囚禁某種東西的黑洞穴。

也許是因為防空室位處正中央吧，只要在下面喝可樂，一邊跟洗衣服的蘿絲聊天，回頭一望就會看到這堵邪氣十足的水泥牆。不斷滴水，處處龜裂，彷彿牆壁本身就在老化、生病、死亡。

我們偶爾會進去，互嚇一番。

那是防空室唯一的作用，嚇唬對方，其餘則一無是處。

我們並不常用它。

第七章

「告訴你們吧，那個他媽的遊樂節就缺個很棒的老式歌舞女郎！」

週二晚上，遊樂節的第二晚，蘿絲正在看電視影集，主角崔尼・鮑第再度榮膺為代表，城裡的壞蛋市長把勳章別到他加了皮革的襯衫，崔尼則一臉驕傲。

蘿絲一手拿啤酒一手夾菸，滿臉倦容地頹坐在壁爐邊的椅子，長腿伸在腳凳上，光著腳丫。吠吠從地板上抬眼望著她，「歌舞女郎是什麼？」

「就是跳舞的女生呀洛菲，缺了那個，還缺怪物秀。我在你這年紀時兩樣都有。有一次我還看到一個長了三隻手的人。」

小威利看看她，「少來。」他說。

可你看得出：他聽進去了。

「別跟媽頂嘴，我真的看到一個有三條胳臂的人——其中一隻手只有小小一點，從這裡長出來——」

她抬起臂膀，指著衣服裡刮乾淨的腋窩。

「另外兩隻是正常的，和你的一樣。我還在同一個節目裡看到一隻雙頭牛咧。當然那牛已經死了。」

我們圍坐在電視機旁，吠吠坐在蘿絲旁邊的地毯，我和威利、唐尼坐在沙發上，艾迪蹲在電視機正前方，吠吠只得在他身邊移來移去才能看得到。

這種時候你完全不必擔心艾迪，因為他家沒電視。艾迪超愛看電視，蘿絲大概是唯一能控制他的人。

「還有什麼？」小威利問，「妳還看到什麼別的？」

他摸摸自己頭頂的金髮，這是習慣。我猜威利大概喜歡那種感覺吧。不過我無法了解他怎麼會喜歡塗油滋滋的髮蠟。

「大部分裝在瓶子裡，死產的東西啦——你知道什麼叫死產吧？裝在甲醛裡，很多縮小的小玩意兒——羊啦，貓啦，各種各樣。那是很久以前的事，我不記得啦，我倒記得有個男人重約五、六百磅，得三個大男人才抬得動，那是我見過最肥的傢伙，嚇死人了。」

我們大笑起來，想像得用三個人抬他的情形。

我們都知道蘿絲很在意自己的體重。

「我告訴你們，我小時候遊樂節的陣仗可大了。」

她嘆口氣。

蘿絲露出平靜而神往的表情，就像偶爾回憶過往時一樣——回想很久以前的事，不是老威利，而是她的童年。我一直很愛看她那樣。我想我們都是。她面容的線條會變得柔和，對一名母親而言，蘿絲算漂亮的。

「準備好了嗎？」吠吠問。今晚對他來說很重要，可以這麼晚跑去遊樂節，他早就迫不及待。

「還沒，把你的蘇打水喝掉，等我把啤酒喝完。」

蘿絲深吸一口菸，把煙吞進去，很快又吐出來。

我只認識另一個跟蘿絲一樣猛抽菸的人：艾迪的父親。蘿絲將啤酒罐一斜，大口喝著。

「我想知道歌舞女郎的事。」威利靠向前，佝僂著肩坐在我旁邊的沙發上。

威利長大變高後，身體就越來越駝。蘿絲說，他再繼續這樣抽高駝背下去，以後就會變成六英尺的鐘樓怪人。

「是啊。」吠吠說，「那到底是什麼樣子？我不懂耶。」

蘿絲哈哈大笑，「就是跳舞的女郎啊，我跟你們講過了，你們怎麼啥都不知道？有些女郎還半裸咧。」

她把褪色的印花洋裝拉到大腿半高處，朝我們翻了翻，再把衣服放下來。

「裙子高到這兒，」她說，「還有細細的胸罩，就這樣。肚臍也許會鑲上一顆紅寶石或之類的東西，這裡和這裡，塗上深紅色的小圈圈。」她指著自己的乳頭慢慢劃圈，然後看看我們。

「很那個吧？」

我覺得臉都紅了。

吠吠眉開眼笑。

威利和唐尼緊瞅著蘿絲。

艾迪依然死盯著崔尼·鮑第。

蘿絲仰頭大笑，「不過我想基瓦尼那些老傢伙大概不會贊助那種事吧？媽的，他們才哈呢——哈到快死！可是他們全都有老婆了，真是有夠虛偽。」

蘿絲老愛罵基瓦尼或扶輪社之類的團體。

她不是那種愛參加團體的人。

我們都習慣了。

蘿絲喝乾啤酒、把菸弄熄。

然後站起來。

「孩子們，把飲料喝完。」她說，「我們走了、出門。瑪姬呢？瑪姬·羅林！」

她走進廚房，把空啤酒罐丟進垃圾桶。

走廊底，蘿絲的房門打開，瑪姬走出來。我覺得她一開始好像有點戒心——也許是因為蘿絲大聲喊的關係吧，接著她看到我，便露出笑容。

原來他們是這樣安排的，瑪姬和蘇珊住蘿絲的舊房間，很合理，因為那是兩間房中較小的一間，但那也表示蘿絲不是睡沙發床，就是跟唐尼、吠吠和小威利一起睡。我爸媽對那種安排不知會說什麼。

「我要帶這些男生去遊樂節玩，妳照顧妳妹，別亂翻冰箱，我可不希望妳因此變胖。」

「是的，阿姨。」

蘿絲轉頭對我說。

「大衛，你知道嗎？你應該去跟蘇珊打個招呼，你們從沒見過，這樣很沒禮貌。」

「當然ＯＫ。」

瑪姬帶頭來到走廊。

她們的門就在浴室對面左邊，男生的房間在更裡頭。我聽到門後傳來收音機輕柔的音樂，是湯米・愛德華的《這場遊戲》。瑪姬打開門，我們走進房間。

十二歲的孩子本來就沒什麼分量，甚至引不起任何注意，真的。小孩子就像蟲子、鳥兒或松鼠，或別人家亂跑的貓咪，只是背景的一部分，一點也不起眼，當然了，除非是像吠吠那樣逼得你不得不注意的小鬼。

不過我應該會注意到蘇珊。

我知道床上那個從雜誌中抬起頭看我的女孩只有九歲，瑪姬跟我說過，但她看起來更小。我很高興她拉上了被子，這樣我就看不見她臀部和腿上的支架。即使不知道她受過重傷，蘇珊看來還是很虛弱，我注意到她的手腕以及握著雜誌的細長手指。

車禍就會變成這樣嗎？我心想。

除了都有對明亮的綠眼睛，蘇珊跟瑪姬可說南轅北轍。瑪姬健美活潑、精力充沛，蘇珊卻像一道影子，皮膚在桌燈下蒼白到近乎半透明。

唐尼說她每天還在吃退燒藥和抗生素，而且復元狀況並不理想，走起路來還是很痛。

我想到安徒生的小美人魚，她的腿也痛如刀割，我那本書的插圖甚至和蘇珊有些神似，也有絲緞般的金色長髮和溫柔細緻的五官，與陰柔憂鬱的表情，就像被扔到陸地上的人魚。

「你就是大衛。」她說。

我點點頭，說了聲嗨。

那對綠眼打量著我，看起來聰明而溫柔。這個女孩好像比九歲小，又比九歲大。

「瑪姬說你人很好。」蘇珊表示。

我笑了。

蘇珊又打量我一會兒，笑了一下，又低頭去讀雜誌。收音機裡，艾倫・菲德正在播放高雅團隊的《小星星》。

瑪姬站在門口看著，我不知道該說什麼。

我回到走廊，其他人都在等待。

我可以感到蘿絲在看我，我低頭望著地毯。

「好，」她說，「現在你們彼此認識了。」

第二部

第八章

遊樂節過了兩晚，我們一群人夜宿在外。

街區中大一點的孩子——勞．莫里諾、葛蘭．納特和哈利．葛雷——好幾年來習慣在溫暖的夏夜帶半打的飲料以及從摩菲的店偷來的香菸，到小聯盟球場後樹林裡頭的舊水塔旁露營。

我們還太小，不能去，因為水塔在城的另一端。不過我們經常嚷嚷說羨慕，直到我們的爸媽終於點頭表示，只要有人照料，我們也可以露營——那個意思是在某人家的後院裡露營。所以我們就去了。

我有一頂帳篷，東尼．莫里諾的老哥不用帳篷時他也可以拿來用，所以大夥兒不是到我家，就是到東尼家。

老實說，我比較喜歡在我家露營，東尼家雖然還可以——但重點是要盡量離房子遠一點，才會有離家出走的幻覺，東尼家的院子實在不太適合。院子從一座山丘頂往下，後邊僅有一些矮樹和田野，而且看起來很無趣，大夥兒只能整夜晾在斜坡上休息。可是我家院子直直伸入濃密的樹林，夜裡陰森恐怖，榆樹、白樺和楓樹鬼影幢幢，蟋蟀和小溪裡的蛙鳴震天，而且坡度平坦，舒服多了。

雖然我們沒怎麼睡。

至少那天晚上沒有。

從黃昏我們就躺在那兒講低級笑話和各種「閉嘴模式」（「媽咪，媽咪！比利剛剛吐在爐子上的鍋子裡了！」「閉嘴啦，吃你的燉肉。」），我們六人笑成一團，擠在四人用的帳篷裡——我、唐尼、威利、東尼·莫里諾、肯尼·羅伯森和艾迪。

吠吠因為又在院子裡的焚化爐燒塑膠兵，所以挨罰了——否則他一定會大聲叨念，煩到我們帶他來為止。吠吠有個壞習慣，他喜歡把騎士和士兵掛在焚化爐的鐵網上，看它們的手腳慢慢隨垃圾燒融，你可以想像塑膠燃燒、滴落，士兵扭曲變形，燃起一團團黑煙。

蘿絲很討厭吠吠這樣，因為玩具很貴，而且會把她的焚化爐搞得髒兮兮。

我們沒有啤酒，不過我們有水壺和裝滿保溫杯的甜品，所以還算不錯。艾迪幹了他老爸半包沒濾嘴的菸，我們把窗簾拉上，偶爾拿根菸傳來傳去，我們會把煙揮散，再打開簾子，以免我媽跑出來檢查——雖然她從不會那麼做。

唐尼滾到我旁邊，你可以聽到蛋糕盒被他壓碎的聲音。

那天晚上，雜貨車來的時候，我們全跑到街上去囤貨。

所以現在不管誰動了，都會聽到擠壓的聲音。

唐尼講了一個笑話，「有個小鬼在學校，他是個小小孩。小鬼坐在桌邊，有位慈祥的學校老師看到他，發現他看起來很悲傷，便問怎麼回事？小孩說，哇！我沒吃早飯！可憐的孩子，老師說。嗯，別擔心，沒什麼大不了，她說快要吃午飯了，到時你就能吃東西了，對吧？現在繼續上地理課吧。義大利的邊界在哪裡？」

「小孩說，住義大利邊界的人在床上幹我娘啦，所以我才沒吃到伊娘的早餐！」

我們哄堂大笑。

「這笑話我聽過了，」艾迪說，「也許是在《花花公子》上讀到的。」

「是唷。」威利在我對面，貼著帳篷，我可以聞到他的髮蠟味，偶爾還會聞到他噁心的口臭。

「當然囉，」他說，「你是在《花花公子》讀到的，我還上過黛博拉・派姬咧。」

艾迪聳聳肩，招惹艾迪是很危險的，可是唐尼躺在他們兩人中間，而且唐尼體重又比他多十五磅。

「我老爸有買，」艾迪說，「每個月都買，所以我從他抽屜借來看裡頭的笑話，然後再放回去。他都不知道耶，壓根兒不曉得。」

「你最好祈禱他永遠不曉得。」東尼說。

艾迪看著他，東尼住在他家對面，我們都知道東尼曉得艾迪的父親會打他。

「最好是。」艾迪的語氣帶著警告。

東尼氣焰驟減，他只是個瘦小的義大利小鬼，可是在我們之間還是有點地位，因為他已經開始要長鬍子了。

「你每一期都看了嗎？」肯尼．羅伯森問，「天啊，聽說有一期是珍．曼絲菲。」

「沒有全部都看啦。」艾迪說。

他點了根菸，所以我又把布簾放下來。

「不過那期我看了。」他說。

「真的嗎？」

「真的。」

艾迪酷酷地抽一口菸，威利從我身邊坐起來，我可以感覺到他的大肚腩軟軟地壓在我背上。他想抽菸，可是艾迪還沒把菸傳過來。

「我從沒看過那麼海的咪咪。」他說。

「比茱莉．藍登的還大嗎？和瓊恩．威金森比呢？」

「媽的！比威利的還大啦，」他說，然後便和唐尼跟東尼笑成一團——雖然對唐尼來說並沒那麼好笑，因為唐尼也胖到有奶了，那小小的肥肉團取代了原本該有的肌肉。我猜肯尼．羅伯森是不敢笑吧，而威利就在我身邊，所以我啥也沒講。

「啊哈哈，」威利說，「真他媽的好笑，好笑到我都笑不出來了。」

「少沒風度了，」艾迪說，「你是怎樣啦？還在念三年級嗎？」

「你不爽嗎？」威利說。

「去你的，白痴。」

「喂，」肯尼說，「珍・曼絲菲怎樣？你有看到她的乳頭嗎？」

「當然看到了，她身材超棒的，油嫩水滑的乳頭又小又尖，還有一對巨乳和漂亮的屁股，而且兩條腿細細的。」

「操她的腿！」唐尼說。

「你去操腿，」艾迪說，「我來操其他部分。」

「請便！」肯尼說，「天啊，奶頭和其他那些！太神奇了。」

艾迪把香菸遞給他，他很快抽了一口，又傳給唐尼。

「問題是，人家可是電影明星，」肯尼說，「怪了，她為什麼要幹那種事。」

「哪種事？」唐尼問。

「在雜誌上露奶啊。」

大夥兒想了想。

「嗯，她其實也不算真的電影明星，」唐尼說，「我的意思是，娜塔莉・伍德是電影明星，但是珍・曼絲菲只是在某些電影裡露露臉而已。」

「新秀啦。」肯尼說。

「新秀個屁啦，」唐尼說，「她太老了，哪能算新秀，朵洛絲・哈特才算新秀，你看過《情歌心聲》沒?我超愛墳場那一幕的。」

「我也是。」

「那場是跟莉莎貝・史高特演的。」威利說。

「那又怎樣？」

「我喜歡汽水店的那一段。」肯尼說，「就是貓王唱歌而且狠揍那傢伙的那場戲。」

「很屌。」艾迪說。

「真的超屌的。」威利說。

「真的。」

「你們要搞清楚，《花花公子》不只是一本雜誌。」唐尼說，「那可是《花花公子》耶，我的意思是，瑪麗蓮・夢露也上過，那是史上最棒的雜誌。」

「是嗎？你覺得比《瘋狂》還棒嗎？」肯尼用懷疑的語氣問。

「媽的，當然啊，《瘋狂》只是給小孩子看的輕鬆讀物，懂了吧？」

「那《知名怪獸》呢？」東尼問。

這就難回答了，《知名怪獸》上市不久我們就全都迷死了。

「當然了，」唐尼抽口菸，微微一笑，一副很瞭的樣子。「《知名怪獸》會露奶嗎？」

我們全笑了，這個邏輯簡直無懈可擊。

他把菸傳給艾迪，艾迪抽了最後一口，在草地上將菸捻熄，然後把菸屁股扔進林子裡。

大夥兒一陣沉默，沒人要說話，各自想著心事。

接著肯尼注視唐尼。「你真的看過嗎？」他問。

「看過什麼？」

「奶子。」

「真的奶子嗎？」

「是啊。」

唐尼大笑，「看過艾迪的老姊啦。」

大家又是一陣哄笑，因為所有人都看過。

「我是指女人的。」

「沒。」

「有人見過嗎？」他看看眾人。

「我媽媽。」東尼說，看得出很害羞。

「有一次我走進浴室，她正在戴胸罩，我看了一會兒。」

「一會兒？」肯尼非常好奇。

「沒有，是一秒鐘。」

「天啊，你覺得怎樣？」

「什麼怎樣？拜託好不好，那是我媽耶！你這個死變態。」

「喂，我又沒惡意。」

「好吧，算了。」

結果我們忍不住都想著莫里諾太太，她是個粗腰短腿的西西里島女人，鬍子比東尼還多，可是胸部真的滿大的。那樣去想她有點困難，卻很有趣，也有點噁。

「我看瑪姬的一定很棒。」威利說。

眾人愣了一會兒，但我想應該沒有人會再去想莫里諾太太了。

唐尼看看他老弟。

「瑪姬的？」

「是啊。」

你看得出唐尼的腦子在轉動，但威利似乎以為唐尼沒聽懂，又試圖解釋。

「我們的表姊瑪姬啊，白痴。」

唐尼只是看著他，然後說：「喂，幾點了？」

肯尼有錶，「十點四十五。」

「很好！」

唐尼突然爬出帳篷，然後站在那兒往裡頭看。

「走！我有個點子！」

從我家到他家只要穿過一座院子和一排樹籬，就可以到達他家車庫後面。錢德勒家的浴室窗口有一盞燈，廚房裡也有一盞，瑪姬和蘇珊的臥房也有。此時我們已經知道唐尼在打什麼算盤。我不確定我想這麼做，但也不確定我不想。這件事還真夠嗆，我們本不該離營，萬一被逮，可能就再也無法外宿了，連帶其他許多事也會被禁。

但另一方面，如果我們沒被抓到，就會比在水塔邊露營更讚、比喝啤酒更爽。一旦心態調整好，這實在讓人忍不住想咯咯發笑。

「沒有梯子，」艾迪悄聲問，「我們怎麼辦？」

唐尼四下張望，「白樺樹。」他說。

他說得對，院子左邊離屋十五英尺的地方有棵高大的白樺樹，樹被冬天的暴風雪吹得歪歪斜斜，橫在七零八落的草地半空。

「我們不能全部爬上去，」東尼說，「樹會斷掉。」

「大家輪流，一次兩個人，每次十分鐘，看誰運氣好。」

「ＯＫ，誰先上？」

「喂，那是我家的樹。」唐尼咧嘴笑道，「我跟威利先上。」

聽他那樣講，我有點不爽，我們應該是最要好的朋友，可是我想算了，威利是他弟弟。

唐尼衝過草坪，威利跟在後面。

樹岔成兩條粗壯的枝幹，他們可以肩並肩躺在樹上，把臥室瞧個清楚，浴室也一樣。不過威利不停地變換姿勢，想讓自己舒服點。你可以看出他身材有多變形，光應付自己的體重就夠笨拙的了。反之，唐尼雖胖，看來卻像天生長在樹上。

我們看著他們，同時也在房子和廚房窗口尋找蘿絲的蹤影，希望不會見到她。

「下一個換我和東尼。」艾迪說，「好幾分鐘了。」

肯尼瞄了手錶一眼，「還有五分鐘。」

「媽的。」艾迪拿出一包菸，點了一根。

「喂！」肯尼低聲說，「他們可能會看見！」

「你白痴啊，」艾迪說，「用手遮住不會嗎？——像這樣，不會有人看見的。」

我試圖看清唐尼和威利的臉，猜測屋內是否有任何動靜。室外能見度不高，但我想他們應該看到了。那兩人只是像兩顆大腫瘤似地躺在那兒。

我不禁懷疑那棵樹還能不能恢復原狀。

之前我沒注意到有蛙鳴或蟋蟀聲，現在卻聽見它們不斷叫嚷。你只能聽到蟲鳴和使勁吞雲吐霧的艾迪，以及白樺樹咿咿呀呀的聲音。螢火蟲在院子裡閃滅飄飛。

「時間到了。」肯尼說。

艾迪把菸一扔、踩熄，然後夥同東尼衝到樹旁。一會兒後他們爬上樹，威利和唐尼下來，走回我們身邊。

樹枝的位置變得比較高了。

「看到什麼了嗎？」我問。

「啥也沒看到。」威利竟然憤憤不平，彷彿他沒看到全是瑪姬的錯，他被她騙了。不過話又說回來，威利向來就是個混蛋。

我看看唐尼，光線雖然不清楚，但他的表情專注熱切，就和望著蘿絲談歌舞女郎以及她們穿什麼、沒穿什麼一樣。彷彿他想理解卻得不到答案，因此有點沮喪。

我們一起默默站著，一會兒後，肯尼拍拍我的肩膀。

「時間到了。」他說。

我們跑到樹旁，我拍拍東尼的腳踝，他從樹上滑下來。

我們站在那兒等艾迪，我看著東尼，他聳聳肩，搖頭望著地面，什麼都沒見到。幾分鐘後，艾迪也放棄了，從樹上滑下來站到我旁邊。

「狗屎，」他說，「去他的，去他媽的。」

然後他們就走了。

我真不懂艾迪幹麼也要生氣。

不過我沒多想。

我們輕而易舉爬上樹。

到了樹頂，我突然異常興奮，開心得不得了，好想大聲笑出來。我知道會有事發生——算艾迪、唐尼和威利倒楣，看到的人會是我們，瑪姬隨時會在窗口出現，到時我們就會看到了。

我根本不覺得自己的偷窺是在背叛瑪姬，我甚至沒把她當成瑪姬，彷彿我們要找的人並不是真的是她，而是某種更抽象的事物，是一名活生生的女孩，而非雜誌裡的黑白照片。一個女人的胴體。

我終於要看到了。

重點就在這兒。

我們兩人就定位。

我瞄向肯尼，他正咧著嘴笑。

我突然想到，其他幾個傢伙幹麼氣成那樣？

這很好玩哪！就連害怕都好玩。害怕蘿絲會突然出現在門廊上，叫我們滾開；害怕瑪姬會從浴室窗口和我們四目相交。

我自信滿滿地等著。

浴室的燈熄了，不過沒關係，我的焦點放在寢室。我一定能在那兒看到她。清清楚楚，一絲不掛，活色生香，一個我有點面熟的人。

我連眼睛都捨不得眨。

我可以感覺貼在樹上的下體微微酥癢。

我腦裡不斷轉動一首歌——「離開廚房、敲響鍋盆……我相信你是穿著絲襪的魔鬼……」等等之類。

太瘋狂了，我心想。我躺在樹上，而她卻在那兒。

我等著。

臥室的燈熄滅。

房子霎時陷入漆黑。

我真想摔東西。

我真想把那房子拆了。

現在我完全了解其他人的感受，他們為什麼如此生氣——生瑪姬的氣。因為你會覺得都是她的錯，好像是她害我們爬到樹上，明明約好又食言而肥。我明知這種感覺不理性又很蠢，卻無法不這麼想。

賤人，我暗罵。

然後又覺得不應該，畢竟那是人家的私事。

那是瑪姬的身體。

我突然覺得好沮喪。

我似乎了解到——雖然我不願相信、不願多想，卻還是知道。

我永遠不會走那種好運。這件事從一開始就全是狗屎。

就和艾迪說的一樣。

狗屎透頂，全都是瑪姬，是所有女生、所有女人害的，甚至連蘿絲和我媽媽都有份。

這一切太龐雜難解，所以我乾脆不去想。

只剩下沮喪的心情和隱隱作痛。

「走吧。」我對肯尼說，他依然不可置信地盯著房子，好像以為燈會馬上打開，可是他也領悟了。肯尼望著我，明白自己看不成了。

我們大家都明白了。

眾人默默走回帳篷。

帳篷裡，小威利把水壺放下來，終於開口。

「也許我們可以找她玩突擊。」

大夥兒想了想。

那晚就這麼不了了之。

第九章

我在院子裡努力啟動紅色的大割草機，T恤全被汗弄溼，因為這該死的機器比摩托艇還難發動。這時我聽到蘿絲高聲大吼——我從沒聽過她那樣喊過——她真的是大發雷霆。

「我的老天啊！」

我放下拉繩，抬眼看去。

媽發飆時也會用那種聲調說話，不過除了跟老爸開戰外，那種情形並不常見。可是蘿絲生氣時通常是針對吠吠，她只要瞪著他、抿緊嘴、把眼睛瞇成豆子那樣，就可以讓吠吠住嘴，停下所有調皮搗蛋的動作。蘿絲的表情超嚇人，唐尼、威利和我以前常模仿她，然後哄堂大笑。可是，做出那種表情的人若真是蘿絲，你就吃不完兜著走了。

我很高興能有藉口不必再跟割草機奮戰，便繞到車庫旁邊，看向他們家後院。

蘿絲的衣服在晾衣繩上翻飛，她手扠著腰站在門廊上，即使聽不到聲音，也聽不到她在講什麼，依然看得出她怒氣沖天。

「妳怎會笨成這樣！」她說。

我真是被她嚇死了。

當然啦，蘿絲罵起人來和水手一樣溜，那也是我們喜歡她的原因之一。她最常砲轟的對象是她老公老威利——「那個可愛的愛爾蘭混蛋」或「那隻愛爾蘭豬」——以及本市市長約翰・蘭茲。我們懷疑他追過蘿絲。

大家偶爾都會被她掃到。問題是，蘿絲通常有口無心，不是真的動怒，只是找個人損一損，讓大夥兒笑一笑罷了。那是蘿絲談論別人的方式。跟我們這群小鬼的方式很像，我們的朋友全是一群腦殘、人渣、豬八戒或白目，他們的媽媽吃的全是死駱駝上的蒼蠅。

但這回截然不同，蘿絲罵出口的每句話都發自真心。

真不知道瑪姬幹了什麼好事。

我看著家中門廊打開的後紗門，但願媽媽不在廚房裡，沒聽見蘿絲的叫罵。媽不喜歡蘿絲，所以常因為我去錢德勒家把我念到臭頭。

運氣不賴，老媽不在。

我看看蘿絲，她沒再說別的，也沒有必要，因為她的表情已道盡一切。

我覺得怪怪的，好像又在偷窺，兩天來我偷看了兩次。可是我也只能那麼做，我不能讓她看到我在偷窺，太尷尬了。我貼在車庫上偷偷看著蘿絲，希望她不會朝我這邊望過來。她沒有。

不過她家的車庫擋住了我的視線，所以我看不見他們那邊到底出了什麼問題，我一直等著瑪姬出現，看她被罵成大白痴有何反應。

接著我又嚇了一跳。

因為挨罵的人不是瑪姬。

而是蘇珊。

我猜她是想幫忙洗衣服，但昨晚下過雨，她把蘿絲的白色衣物掉到泥濘的草地上，手上的床單還是幾個枕頭套全沾髒了。

蘇珊哭得好傷心，整個身體都在發抖。她走回杵在臺階上的蘿絲旁邊。

太可憐了。這個腿上臂上裝了一堆支架的小女孩蹣跚地走著，努力在腋下挾著一小疊白色衣物。她根本不該去做這件事，我真替她難過。

我想，蘿絲終於也覺得過意不去了。

因為她從臺階上走下來，把衣服拿了過去，遲疑地低頭望著注視泥地、哭到發抖的蘇珊。蘿絲怒氣漸消，最後抬起手，輕輕放到蘇珊肩上，然後扭頭走回屋裡。

就在她們回到臺階頂的那一刻，蘿絲朝我的方向看來，我只得火速抽身，緊貼車庫。不過我發誓我還是看到了。

事實上，後來回想時這件事讓我滿在意的。我很想弄個清楚。

蘿絲的面容看來疲倦至極，彷彿發過一大頓火後力氣都被抽乾。也許我看到的只是一些蛛絲馬跡、冰山一角——一件我不曾注意到的事，就像漸漸轉大的唱片音量。

不過還有另一件事我至今依然不解。

即便在當時，也令我猜想不透。

就在我抽身，蘿絲搭著蘇珊的肩膀、憔悴疲累地轉過頭時，就在她轉身的那一剎那，我發誓她也在哭。

而我不懂的是，蘿絲究竟為誰而哭？

第十章

接著就發生枯葉蛾事件。

基本上這是在一夜之間發生。前一天樹林裡還乾淨正常，第二天便掛滿一張張厚重的白網袋。袋底隱隱藏著顏色深暗又噁心的東西，若是貼近，便能看到蠕動的蛾蟲。

「把牠們燒掉。」蘿絲說。

我們站在她家院子靠近白樺樹的地方，吠吠、唐尼、威利、瑪姬、我和蘿絲都在。蘿絲穿著大口袋的藍色舊工作服，時間是早上十點，瑪姬剛做完家事，左眼下還沾著一小塊泥。

「你們男生去找些樹枝來，」蘿絲說，「要長長粗粗的那種，一定要是綠枝子，這樣才不會燒起來；瑪姬，妳去地下室拿碎布袋。」

蘿絲對著晨光瞇起眼，評估受損情形。錢德勒家的院子包括白樺樹在內，有半數的樹已經長出蟲袋，有些僅棒球大小，有些則像購物袋般又寬又深，整片林子裡都是。

「這些混蛋很快就會把樹給吃乾抹淨。」

瑪姬進屋子去了，其他人則分頭到林子裡找樹枝。唐尼拿著他的短斧，我們砍了一些小樹，把樹皮剝掉劈成兩半，一會兒工夫就完成了。

等我們回來，蘿絲和瑪姬在車庫裡將破布浸到煤油裡。我們把布纏到枝子上，蘿絲用晒衣繩把布綁實，再泡一次煤油。

她發給每人一根枝子。

「我先示範給你們看，」她說，「然後你們就可以自己弄了，只要別讓林子燒起來就行。」

感覺好大人喔。

蘿絲竟然把火炬交給我們。

我媽絕不會這麼做。

我們像一群出發尋找科學怪人的農民，高舉著還未點燃的火炬，跟著蘿絲來到院子。不過我們的行為實在不怎麼成熟，還一副要去參加派對的模樣，除了瑪姬異常嚴肅，其他人都嘻嘻哈哈的。

威利把吠吠的頭挾在腋下，用拳頭去揉他的平頭，這是我們跟三百磅重的摔跤明星海士達學來的，他的著名絕招是「大力飛身壓」。唐尼和我並肩走在他們後頭，像兩個拿指揮棒的鼓樂隊隊長似地晃著我們的火把，一邊笑得跟呆子一樣。蘿絲似乎不以為意。

等我們來到白樺樹邊，蘿絲從口袋掏出一盒安全火柴。

樹上的網袋超大的。

「這個我來處理，」蘿絲說，「你們看著。」

她點燃火把，舉了一會兒，等火變小，使用起來較安全後才放手。不過火焰還是很旺，「要小心，」她說，「別燒到樹。」

蘿絲將火炬放在蟲袋下約六英寸處。

袋子開始融化。

——但沒燒起來，只是像塑膠那樣融化消失、縮小。網袋既厚又多層，不過融得很快。突然之間，所有扭來扭去的蟲都掉出來了，肥肥黑黑的毛蟲，一隻隻冒著煙，劈啪響。你幾乎可以聽到牠們在尖叫。

光是那個網巢就有好幾百隻蛾蟲。一層網袋融掉後又露出另一層，裡頭的蟲子更多。牠們不斷冒出來，黑雨似地落在我們腳邊。

接著蘿絲擊中蟲子最多的母袋。

感覺就像一團足球大小的活焦油直接插在火把上，那團東西裂開、掉了下來。

火炬劈啪作響，蟲子多不勝數，火焰好像瞬間被弄熄，接著又重新燃起，攀附在火炬上的蟲子跟著被燒落。

「我咧個媽呀！」吠吠說。

蘿絲瞪他一眼。

「對不起。」吠吠說，眼睛依然瞪得斗大。

你不得不承認這很有看頭，我從沒見過這種大屠殺，什麼門廊上的螞蟻簡直沒得比。螞蟻那麼小，微不足道，往牠們身上潑滾水時輕輕一蜷便死了。而這些蛾蟲有些長及一英寸，牠們扭捲翻滾，似乎在掙扎求生。我看著到處是蟲的地面，其中大部分死了，但也有很多還活著，那些沒死的都在拚命掙扎想爬開。

「這些該怎麼辦？」我問蘿絲。

「別管，反正牠們遲早會死，要不就是被小鳥吃掉。」蘿絲大聲笑，「我們在牠們成熟前就打開了烤爐，都還沒烤熟哩。」

「牠們現在真是被烤到焦頭爛額哩。」威利說。

「我們拿石頭把牠們砸碎！」吠吠說。

「我說話時別插嘴，別管牠們了。」蘿絲再次把手伸進口袋。「拿去。」她把火柴分給每個人。

「記住，等你們燒完，院子得保持完整。還有，不許你們回林子裡，森林裡的事別管。」

大夥兒接過火柴，只有瑪姬沒拿。

「我不要。」她說。

「什麼？」

瑪姬遞回火柴。

「我……我不要，我去把衣服洗完可以嗎？這實在……有點……」

她臉色慘白地看著地上蜷曲的黑蟲，注視那些蠕動的活物。

「有點什麼？」蘿絲說，「噁心嗎？妳怕了嗎親愛的？」

「不是，我只是不想……」

蘿絲哈哈大笑，「真是的，你們幾個男生瞧瞧，」她說，「真是的。」

她仍在微笑，表情卻突然一變，嚇了我一跳，令我想到前幾天蘇珊的事。蘿絲似乎一整個早上都在跟瑪姬過不去，只是我們沒注意到。我們太忙太興奮了。

她說：「看來有人滿肚子婦人之仁呢。」她上前，「瑪姬有潔癖，你們明白女生的潔癖是怎樣的嗎？各位男士？淑女有潔癖，而我們瑪姬就是淑女，不是嗎？」

接著她不再出言嘲諷，而是直接把怒意掛在臉上。

「妳他媽的以為我在幹麼？瑪姬，我不是淑女嗎？淑女就不能做該做的事嗎？不能去除花園裡的爛蟲子嗎？」

瑪姬驚慌不解，蘿絲的脾氣爆發得太突然，她反應不過來也很正常。

「沒有，我……」

「妳最好沒有，大小姐！因為我不需要妳這種穿著T恤、連自己的臉都擦不乾淨的黃毛丫頭對我明損暗諷，妳明白了嗎？」

「是的，夫人。」

瑪姬往後退一步。

蘿絲似乎稍微息怒。她深吸一口氣。

「好吧，」她說，「妳去樓下，去啊，去洗衣服，洗完後再叫我，我再派別的事給妳。」

「是的，夫人。」

瑪姬轉過身，蘿絲笑出來。

「我的男孩應付得來，」她說，「對吧？各位？」

我點點頭，因為我說不出話，在那當下沒有人說得出話。蘿絲以權威之姿打發瑪姬，還帶著微乎其微的詭異正當性，我不禁對她敬畏莫名。

她拍拍吠吠的腦袋。

我瞄瞄瑪姬，見她垂頭走回屋裡，一邊擦臉一邊找蘿絲所說的汙漬。

蘿絲攬住我的肩膀，轉向後頭的榆樹，我聞到她身上的氣味——肥皂、煤油、香菸與清新的頭髮香。

「我的男孩應付得來，」她對我說，聲音再次變得溫柔。

第十一章

一點以前，我們已把錢德勒家院子裡的每張蟲網都燒掉，而且蘿絲說得沒錯——小鳥全都出籠了。

我身上都是煤油的臭味。

我餓扁了，恨不得吞下好幾個漢堡。不過臘腸三明治也可以。

我回到家。

我去廚房打理乾淨，然後做了一份三明治。

我聽見老媽在客廳裡燙衣服，一面跟著《音樂世界》原班人馬的唱片哼歌。去年老爸的外遇曝光前，她跟爸搭巴士去紐約看了這場音樂劇（我只能假設那是他最後一次外遇）。老爸的外遇從未間斷，而且來者不拒。他是「鷹巢」酒吧餐廳的合夥人，從早到晚都能遇到馬子。

可是老媽此刻大概全忘了那些狗屎事，只記得男主角及其他演員的精采表演。

我痛恨《音樂世界》。

我把自己關在房裡一會兒，翻著那幾本破爛不堪的《恐怖》雜誌和《科學難解之事》，卻覺得沒啥想看的，所以又決定出門。

我從後門出去，瑪姬正在錢德勒家的後門廊上抖著客廳的小地毯。看到我後，瑪姬示意要我過去。

我一時不知所措，覺得自己變成夾心餅乾。

如果蘿絲把瑪姬列上黑名單，應該有她的理由吧。

但話又說回來，我仍記得那次搭摩天輪和那天早上在巨石的事。

瑪姬小心翼翼地把毯子掛到鐵欄杆上，走下臺階，越過車道向我走來。她臉上的汙痕已經不見了，身上卻還穿著髒掉的黃襯衫和唐尼的舊短褲，髮上沾了灰。

瑪姬拉起我的手，默默帶我走到屋子一側，餐廳窗口看不到的地方。

「我不明白。」她說。

我看得出她有心事，一件怎麼也想不通的心事。

「他們為什麼不喜歡我，大衛？」

我沒想到她會這麼問。「妳說誰？錢德勒家嗎？」

「對。」

她嚴肅地看著我。

「他們喜歡啦，他們喜歡妳。」

「他們不喜歡。我的意思是，我已經盡力討好他們，做超過自己分量的工作、努力和他們說話，了解他們，也讓他們認識我。可是他們好像就是不想，就是想要討厭我，覺得那樣才比較好。」

好尷尬，她講的都是我朋友。

「聽我說，我不知道蘿絲幹麼發妳脾氣，也許她今天心情不好，可是其他人都沒那樣啊。威利、吠吠和唐尼都沒生氣。」

她搖搖頭，「你不懂。威利、吠吠和唐尼從來不生氣，問題不在他們身上。不過他們向來對我視而不見，好像當我不存在、覺得我不重要。我跟他們講話，他們咕噥幾聲就走開了，就算注意到，感覺也都怪怪的，很不對勁——就是他們看我的樣子，還有蘿絲……」

瑪姬開了個頭便再也停不下來了。

「……蘿絲恨我！恨我和蘇珊，你不懂，你不懂，你以為這只是單一次的偶發事件——其實不是，她隨時都討厭我們。我已經有一段時間整天都在幫她工作，卻無法討她歡心，我怎麼做都不對，沒一件事合她的意。我知道她認為我很笨、很懶、很醜……」

「妳很醜？」至少這點真心荒謬。

她點點頭，「我以前從來不覺得自己醜，可是現在沒信心了。大衛，你從小就認識這些人嗎？」

「是啊。」

「那為什麼會這樣？我到底做了什麼？晚上睡覺時，我腦子裡淨想著這件事。我們兩人以前很快樂，在搬來這裡之前我還會畫畫。雖畫得不多，只是偶爾塗塗水彩，我想我應該不算畫得特別好，但媽媽很喜歡我的畫，蘇珊也是，還有我的老師。我身邊有顏料和畫筆，但我再也提不起勁去畫了。你知道為什麼嗎？因為我知道蘿絲會有什麼反應，我知道她會怎麼想、又會說什麼。她會看著我，讓我覺得自己很笨，讓我覺得畫圖根本是浪費時間。」

我搖搖頭，那不是我所認識的蘿絲。你可以看得出威利、吠吠和唐尼在她身邊時舉止都很怪——畢竟她是女生呀。可是蘿絲一向對我們很好，不像街區其他的媽媽，蘿絲很常陪我們，家門總是敞開。她會請我們喝可樂，吃三明治，吃餅乾，偶爾喝個啤酒。這沒道理呀，我告訴瑪姬。

「不會啦，蘿絲不會那樣，妳試試看幫她畫幅水彩，她一定會愛死的。或許她只是不習慣家裡有女生，也許得花點時間。畫吧，試著幫她畫一幅。」

瑪姬考慮了一下。

「我沒辦法，」她說，「真的。」

我們愣愣地站了一會兒，瑪姬在發抖，我知道她不是在開玩笑。

我想到一個點子。

「那麼我呢？如何？妳可以幫我畫一幅畫。」

若不是因為我有其他想法和計畫，絕不敢這樣要求她。但這次情況不同。

瑪姬的表情稍微開朗了些。

「你真的想要嗎？」

「當然，非常想要。」

她定定地看著我，直到我轉開頭。接著，瑪姬笑了，「好吧大衛，我畫。」

她似乎又變回往常的自己，天哪！我好喜歡她微笑的模樣。接著我聽到後門打開的聲音。

「瑪姬？」

是蘿絲。

「我最好走了。」她說。

她拉著我的手，握了一下，我可以感到她母親的婚戒。我臉都紅了。

「我會畫的。」說完，瑪姬旋即繞過屋角，一溜煙兒跑走。

第十二章

瑪姬八成是立即著手去畫。因為第二天下了一整天雨，一直下到晚上。我坐在房裡讀《搜尋布萊蒂·墨菲》一邊聽收音機，直到覺得如果再聽到義大利歌手多明尼哥·墨都尼歐唱那首《飛翔》，我真的就要抓狂。晚飯後，媽和我坐在客廳看電視，瑪姬這時來敲後門。

媽媽站起來，我跟著她走過去，順便從冰箱拿罐百事可樂。

瑪姬微笑，身穿黃色雨衣，髮稍滴著水。

「我不能進去。」她說。

「別鬧了。」我媽說。

「不行，真的不行。我只是幫錢德勒太太拿這個給妳。」

她把溼掉的牛皮紙袋拿給我媽，裡面是個裝牛奶的容器。蘿絲和我媽並未真有來往，但大家畢竟是鄰居，會互借物品。

媽接下袋子點點頭，「請幫我向錢德勒太太致謝。」她說。

形狀。

「我會的。」

接著她在雨衣裡頭掏著東西，望著我。現在她真的露出了微笑。

「還有，這是給你的。」瑪姬把畫交給我。

畫上包著厚厚的描圖紙，兩邊都用膠帶黏著。你可以看到一些線條和顏色透出來，但看不清楚形狀。

我還來不及道謝或說任何話，瑪姬已經說了「再見」，揮揮手走回雨中，把門在身後關上。

「唉喲，」媽也笑了，「這是什麼？」

「我想應該是一幅畫吧。」我說。

而我站在那兒，一手拿著百事可樂，一手拎著瑪姬的畫，很清楚老媽在想什麼。

媽的腦袋裡一定在想這舉動真可愛。

「你不打開看看嗎？」

「嗯，當然要看。」

我把可樂放下，背對老媽，開始拆去膠帶，掀開描圖紙。

我感到老媽從我背後偷看，但突然間，我一點也不介意了。

「好漂亮！」老媽驚呼道，「真的很棒，她真的很厲害耶？你說是不是？」

畫真的很棒，我雖然不是藝評家，還是看得出來。瑪姬用墨水素描，有些線條頗粗而且大膽，有些則極為細膩，顏色非常淡雅——只是薄薄一層，卻又栩栩如生，加上她運用許多留白，給人一種風光明媚的感覺。

畫中有個男孩趴在溪水邊的平坦巨石上，眼睛盯著水，四周淨是樹林與藍天。

第十三章

我把畫拿到「狗狗的家」裱框。狗狗的家原本是寵物店，後來改成模型店。他們的前窗有小獵犬、弓箭、呼拉圈、模型，後面還有一間裱框室，中間擺了魚、烏龜、蛇和金絲雀。店員看了一眼畫，說：「還不賴嘛。」

「我明天能來拿嗎？」

「你哪隻眼睛看到我們很忙？」他問。店裡空蕩蕩，十號公路上的「兩個人」連鎖店把生意搶了大半。「你今晚就能來拿了，四點半左右過來吧。」

而我四點十五就到了，早了十五分鐘，但東西仍是早就好了。框是染成紅褐色的漂亮松木，他用牛皮紙將畫包好。

那幅畫剛好能放進腳踏車兩個後籃中的其中一個。

等我回到家已經快吃晚飯了。我只先吃完燉肉、青豆和加肉汁的馬鈴薯泥，再把垃圾拿出去倒。接著才有空走到隔壁。

電視大聲播著我最討厭的節目——《老爸最懂》。幾個人物凱西、柏弟和貝蒂又從樓上跑下來。我聞到香腸、豆子和酸菜的味道，蘿絲坐在她的椅子上，腳跨腳墊。唐尼和威利一起歪倒在沙發，吠吠趴在電視機前方，距離之近，令人忍不住懷疑他聽力是不是有問題。蘇珊坐在餐廳的直背椅上看電視，瑪姬則去洗碗了。

蘇珊對我笑了笑，唐尼揮揮手，又回去看電視。

「老天，」我說，「怎麼都沒有人肯站起來一下啊。」

「兄弟，你手上拿的是什麼？」唐尼問。

我舉起用牛皮紙包好的畫。

「你要的馬里奧·蘭沙唱片。」

他哈哈大笑。「放屁。」

現在換蘿絲看著我。

我決定有話直說。

廚房裡的水聲停下，我轉頭看到瑪姬在看我，同時在圍裙上擦著手。我對她笑了笑，她立刻猜到我想做什麼。

「蘿絲？」

「什麼事？——洛菲，把電視關小聲一點——好，可以了。怎麼樣？大衛？」

我走向她，回頭看看瑪姬。瑪姬穿過飯廳朝我走來，搖搖頭，嘴型說著「不行」。

沒關係，她只是害羞，蘿絲看到畫就不會生氣了。

「蘿絲，」我說，「這是瑪姬送妳的。」

我把畫拿給她。

她先對我笑，然後也衝著瑪姬笑了笑，從我手上接過畫。因為吠吠已把電視關小聲了，因此能聽見蘿絲拆掉厚紙時的沙沙聲。牛皮紙掉下來，她盯著畫瞧。

「瑪姬！」她說，「妳哪兒來的錢去買這個？」

我看得出蘿絲很喜歡這幅畫，忍不住笑了。

「其實只花了畫框的錢，」我說，「這是瑪姬為妳畫的。」

「是嗎？是瑪姬畫的嗎？」

我點點頭。

唐尼、吠吠和威利全擠過來看。

蘇珊從椅子上爬下來，「好漂亮！」她說。

我又看了瑪姬一眼，她依然惴惴不安地站在餐廳裡，一臉期待。

蘿絲凝視畫作良久。

然後她說，「不對，她不是為我畫的，別開我玩笑了，人家是為你畫的，大衛。」

蘿絲笑著，笑容有點詭異。這下子換我不安了。

「你看，一個趴在石頭上的男孩，當然是你囉。」

蘿絲把畫還給我。

「這我不要。」她說。

我覺得很困惑，沒料到蘿絲竟會拒絕收下這幅畫，一時間反應不過來，呆呆地拿著畫低頭看。這是幅很漂亮的作品呀。

我試圖解釋。

「可是這真的是為妳畫的呀，蘿絲，真的，我們討論過了，瑪姬想為妳畫一幅畫，她……」

「大衛。」

阻止我繼續說的人是瑪姬，這使我更加迷惑。因為她語氣嚴厲，還帶著警告意味。

我真的快發火了，瑪姬讓我蹚這種渾水，還不准我找臺階下。

蘿絲再度微笑。她看著威利、吠吠和唐尼。

「你們要記取教訓哪，各位男生，要記住，這很重要的：你們只要對一個女人好，她就會幫你做一堆事。大衛對瑪姬好，人家就送他一幅畫——漂亮的畫。是不是呀？大衛？你得到的是畫吧？我是說，你只有得到畫嗎？我知道你年紀還小，可是誰知道呢。」

我紅著臉，尷尬地笑了。「拜託妳，蘿絲。」

「我只是要告訴你世事難料，女生很好把的，她們就是這樣，給她們一點好處就讓你予取予求。我知道自己在說什麼，看看你爸爸，看看老威利。我們剛結婚時，他想開自己的公司，想要有好幾輛牛奶車。先從一輛開始，然後慢慢增加。我本來要像戰時在霍華大道上班時一樣幫他記帳、幫他經營工廠，這樣我們就會比我小時候在莫里斯鎮時更有錢——那可是很了不得的。可是我得到什麼？啥都沒有，連個屁也沒有，就只有你們這些傢伙接二連三地出生，那個愛爾蘭混蛋不知跑哪兒去了。我有三張嘴要餵，現在又多來兩個。

「告訴你們，女生都很笨，很好把，一騙就到手。」

她走過我身旁，攬住瑪姬的肩膀，轉過身面對我們。

「你把畫拿回去，」她說，「我知道妳是為大衛畫的，甭想唬我。我很想知道，妳想利用這個得到什麼？妳以為這個男生能給妳什麼？大衛是個好男孩，比大部分男生都好，真的。可是親愛的，他什麼也不會給妳！如果妳以為他會，妳就有問題。

「我要說的是，我希望妳只給了他那張畫，不會再給他別的。我說這話是為妳好，因為妳那下頭已經有男人想要的東西了，而且那和妳的藝術作品可是不一樣的。」

瑪姬的臉開始抽動，我知道她強忍著不哭出來。這一切雖出人意料，我卻得拚命忍笑，唐尼也一樣。因為這件事太詭異，也太令人不安。可是蘿絲說什麼藝術作品實在是太好笑了。

她緊攬瑪姬的肩膀。

「如果妳給了他們想要的，那妳就只是個蕩婦而已，親愛的。妳知道什麼是蕩婦嗎？妳知道嗎？蘇珊？妳當然不知道，妳太小了。蕩婦就是遇到男人就把兩腿張開、讓他們直搗而入的人，就這麼簡單——吠吠，你能不能別再笑了。

「任何蕩婦都活該挨揍，鎮上所有人都會同意我的看法，所以我警告妳啊，親愛的，妳要是在家裡給我亂搞，我一定把妳屁股打到開花。」

她放開瑪姬，走進廚房，打開冰箱的門。

「好啦，」蘿絲說，「誰要喝啤酒？」

她指指畫。

「你們不覺得顏色太淡了嗎？」說完，她伸手拎走半打啤酒。

第十四章

當年我只要喝兩罐啤酒就掛了，因此歪歪倒倒地回家去，和平時一樣發誓絕不告訴爸媽。其實這根本多此一舉。我要是講了手指一定會被剁掉。

蘿絲結束說教後，那晚就沒別的事了。瑪姬在浴室裡待了一會兒，出來時，彷彿什麼也沒發生過。她的眼睛是乾的，而且面無表情。我們邊看電視邊喝啤酒，廣告時，我對威利和唐尼提議星期六去打保齡球，並試著偷瞄瑪姬，但她不肯看我。於是啤酒喝完後，我就回家了。

我把畫作掛在房裡的鏡子旁。

可是我心裡老覺得怪怪的。以前我從沒聽別人用過「蕩婦」這個詞，但我知道那是什麼意思——自從偷看過老媽的《小城風雨》後我就知道了。不知艾迪的老姊黛妮絲是否還太小，不夠格當蕩婦。我記得她裸體被綁在樹上，還有她軟厚的乳頭。她那時一下哭一下笑，有時邊哭邊笑。我也記得她兩腿之間的肉褶子。

我想到瑪姬。

我躺在床上心想，要傷害一個人何其容易，你不必動粗，只要對準他們在意的地方狠狠刺下去。我想要的話也可以做到。

人是很脆弱的。

我想到爸媽是怎麼互相傷害。他們太常吵架了，我夾在中間，早學會不去在意任何一方。他們大部分都是吵些芝麻小事，但這會累積起來。

我無法入眠，因為爸媽就在隔壁房間，老爸正在打呼。我起身到廚房拿可樂，然後走進客廳，坐在沙發上。我沒開燈。

這時已過午夜。

夜裡很暖，沒有風，爸媽和平時一樣沒關窗子。

隔著紗窗，我可以直接看到錢德勒家的客廳，他們家的燈還亮著，窗子也是開的，聽得見聲音，雖聽不清說話內容，但知道是誰在說話。威利、蘿絲，然後是瑪姬、唐尼，就連吠吠都沒睡——你可以聽見他的聲音和女生一樣尖細，還在大聲笑。

其他人則在吼著些什麼。

「……為了一個男生！」我聽見蘿絲這麼說，接著她的聲音消失在一堆雜音中。

我看到瑪姬退回客廳的窗框，她指著一個東西大吼大叫，全身緊繃，而且氣得發抖。

「你休想！」我聽到她這麼說。

接著蘿絲壓低音量，我便聽不見了。但是那聲音好像低吼，我只聽得出這麼多。我看到瑪姬突然崩潰，整個人彎身哭了出來。

接著伸出一隻手，打了她一巴掌。

那巴掌打得很重，瑪姬退到窗框外，我就看不到她了。

威利往前移動。

他開始慢慢跟著她。

像在跟蹤她一樣。

「夠了！」蘿絲說，大概是叫威利別再跟著瑪姬吧。

有一陣子似乎都沒有人移動。

接著，他們在窗框中移進移出，每個人都一臉嚴肅憤怒。威利、吠吠、唐尼、蘿絲和瑪姬從地上撿起東西，或把椅子什麼的挪來挪去，眾人慢慢離去，我再也沒聽到聲音和談話。然而我唯一沒看見的人是蘇珊。

我坐在那裡看。

燈熄了，僅有各個寢室裡透著微光，接下來連那微光也熄滅。他們家跟我們家一樣，只剩一片漆黑。

第十五章

那個星期六，在保齡球館，肯尼．羅伯森本可在第十局輕鬆全倒，結果沒打中七號瓶，只得了一百零七分。肯尼很瘦，而且每次丟球都用盡全身力量。他回座時拿著他老爸的幸運手帕擦額頭，那天他運氣實在不怎麼樣。

肯尼坐到記分板後方，就在我和威利中間。大夥兒看著唐尼站到第二球道左側，那是他的習慣位子。

「你還有在想那件事嗎？」他問威利，「就是讓瑪姬加入突擊？」

威利笑了笑。我猜他心情不錯，大概會超過一百五十分吧。這算很罕見的了。威利搖頭。

「我們現在有自己的突擊了。」他說。

第三部

第十六章

那些夜裡，我會在錢德勒家過夜，若鬧累了，吠吠又睡著，我們便會聊天。

大部分都是唐尼和我，威利向來寡言，何況他說出來的話多半很蠢。可是唐尼聰明，而且我說過，他算我的摯友，所以我們常聊天——聊學校、聊女生，聊歌唱節目《美國樂臺》裡的小鬼。聊神祕的性愛、最近收音機裡聽到搖滾樂的真正含義等等。我們會一直講到深夜。

我們會談自己的願望夢想，有時甚至聊噩夢。

通常會是唐尼帶頭，最後再由我收尾。有時聊到睡意全消，我就從雙層床上探出身子，說句「懂我意思吧？」但唐尼早就睡著，留我獨自胡思亂想、輾轉反側，有時直到天明。我得花點時間才能釐清心中感受，可是等我一旦知道，便無法將它拋開。

我到現在都還是那樣。

如今，這深夜對談成為獨白，我不再開口，無論誰跟我睡我都不再與之交談。我的心緒有時化為噩夢，可是我絕不對人傾訴。現在的我和最初的我一樣——整個處於自我保護的狀態。

我想這應該是七歲那時開始的，也就是媽媽走進我房間的那一天。當時我已睡著，她說「我要離開你爸爸了，」媽媽將我叫醒，「可是我不想讓你擔心，我會帶你一起走，不會把你丟下，絕對不會。」於是我從七歲到十四歲都在等待，替自己做好準備，變成獨立於他們之外的自己。

我想，這種心態就是那樣開始的。

可是七到十三歲間蘿絲出現，然後瑪姬和蘇珊也出現。若沒有她們，媽媽和我的談話說不定會對我有益，能讓我在後來父母離異時不那麼震驚與錯愕，因為小孩子是很有適應力的，他們能迅速恢復自信，也能好好與人分享。

可是我辦不到——因為後來發生的一切，也因為後來我所做與未能做的事。

我的第一任老婆艾薇琳有時會打電話給我，在夜裡把我吵醒。

「孩子還好嗎？」她會充滿恐懼地問。

艾薇琳和我並沒有小孩。

她進出精神病院好幾回，急性憂鬱和焦慮症發作數次。不過她這麼偏執的原因還是令人百思不得其解。

因為我從沒跟她說過這件事，半個字都沒提。

她怎麼會知道呢？

難道我說夢話嗎？還是某天晚上對她告白了？或者她只是意識到我有心事——頓悟我們從不生小孩以及我堅持不生的原因？

她的電話像夜梟般在我腦中飛繞、尖叫，我一直在等待它們回來，而當它們真的回來，我卻總是嚇一大跳。

我心驚膽戰。

孩子還好嗎？

我早就學會不惹毛她。因此我說，很好啊，艾薇琳，我告訴她。孩子當然都很好啊，回去睡吧。

可是孩子一點都不好。

他們永遠也好不起來了。

第十七章

我敲著屋後的紗門。

沒人應。

我開門走進去。

我立即聽到他們的笑聲從其中一間寢室傳出來。瑪姬的聲音聽起來高又尖，吠吠咯咯笑得歇斯底里，小威利和唐尼的聲音較低，更像男人。

我不該來的——因為我正在挨罰。我一直在做B－52模型，那是老爸送我的聖誕禮物，有個輪子一直裝不好，所以我試了三、四遍後憤而把輪子扯下來，將模型踹飛到臥室門上、踢成碎片。媽媽進門看到亂成這樣，就罰我禁足。

她出門買東西，所以我至少可以自由一下。

我朝房間走去。

瑪姬正貼在寢室角落窗邊的牆壁。

唐尼轉過頭。

「喂，大衛！她怕癢耶！瑪姬怕癢！」

彷彿是事先約好的訊號，大夥兒立即有志一同追過去搔她的肋骨。瑪姬扭動身體，拚命把他們推開，然後彎下腰用手肘護住肋骨，大笑不停，紅色的長馬尾搖來晃去。

「抓住她！」

「我抓到了！」

「抓她，威利！」

我回頭看到蘇珊坐在床上，也在大聲笑。

「唉喲！」

但我聽到了巴掌聲，便抬起頭。

瑪姬用手護住自己的胸口，吠吠摀著臉，臉上的紅暈漸漸擴散開，一副快哭的樣子。威利和唐尼往後退。

「搞什麼鬼啊！」

唐尼很生氣，他自己可以用皮帶抽吠吠，卻不許別人動手。

「妳這賤人！」威利罵道。

他朝瑪姬腦袋揮拳，瑪姬輕鬆閃開。威利沒再出手。

「妳幹麼打他？」

「你明明看到他做了什麼事！」

「他什麼也沒做好嗎？」

「他捏我。」

「那又怎樣？」

吠吠在哭，「我要去告妳啦！」他大聲哭著說。

「去啊。」瑪姬說。

「我告了妳妳就倒大楣了。」吠吠說。

「我才不在乎你想做什麼，我才不在乎你做的任何事。」她一把推開威利，從他身旁過去，經過我身邊，沿走廊進了客廳。我聽到前門重重甩上。

「小賤人。」威利說，轉頭去看蘇珊，「妳姊是個他媽的賤貨。」

蘇珊沒接話，威利朝她走過去，我看到蘇珊縮起身子。

「你看到了嗎？」

「我沒在看。」我說。

吠吠正在吸鼻子，鼻涕都垂到下巴了。

「她打我！」他大聲嚷嚷，然後也從我身邊跑走。

「我要去告訴我媽。」威利說。

「我也是，」唐尼說，「絕不能放過她。」

「我們只是在玩，拜託好不好。」

唐尼點點頭。

「她出手太重了。」

「是吠吠摸她胸部的。」

「那又怎樣，他又不是故意的。」

「摸人家胸部是會吃黑眼圈的。」

「反正他還是可能被揍出黑眼圈。」

「賤人。」

房裡的氣氛非常緊繃。威利和唐尼像受困的公牛般來回踱步，蘇珊從床上溜下來，金屬支架發出嘈雜的聲音。

「妳要去哪裡？」唐尼問。

「我去看看瑪姬。」蘇珊靜靜表示。

「去他的瑪姬，妳給我留在這裡。妳看到她幹了什麼事吧？」

蘇珊點點頭。

「好，所以妳知道她會挨罰，對吧？」

他講得頭頭是道，像個耐著性子對腦子不靈活的妹妹解釋的大哥。蘇珊再次點頭。

「所以妳想和她站在同一陣線、一起挨罰嗎？妳想要特權被拿走嗎？」

「不要。」

「那妳就待在這裡，知道嗎？」

「知道。」

「留在這個房間裡。」

「是。」

「我們去找瑪姬。」唐尼對威利說。

我跟著他們走出寢室，穿過客廳從後門出來。

蘿絲在車庫後幫番茄除草，身上的舊衣早已褪色，而且太大。那件衣服中間用帶子綁緊，圓領敞開。

蘿絲從來不戴胸罩。我站在她面前，胸部一覽無遺，差點連乳頭都看到了。她蒼白的小乳房隨著勞動一顫一顫，我不斷別開眼神，怕她注意到，可是目光又像指南針那樣不斷回到她的胸部上。

「瑪姬打呔呔。」威利說。

「是嗎？」蘿絲似乎不怎麼擔心，繼續除草。

「她摑他巴掌。」唐尼說。

「為什麼？」

「我們只是在鬧著玩。」

「大家都搔她癢。」威利說，「所以她就往後退，然後打了他的臉，就那樣。」

她拔出一根雜草，胸部一陣搖晃，上面還有雞皮疙瘩。我興奮極了。蘿絲看向我，我及時撇開眼神。

「你也有嗎？大衛？」

「呃？」

「你也有搔瑪姬癢嗎？」

「沒有，我才剛剛進門。」

她笑了笑，「我不是在罵你。」

蘿絲跪著站起，脫掉髒兮兮的工作手套。

「她現在人呢？」

「不知道，」唐尼說，「她衝出門了。」

「蘇珊呢？」

「在寢室裡。」

「她全看見了嗎？」

「對。」

「好。」

蘿絲大步越過草地朝屋子走去，我們跟在後頭。來到門廊時，蘿絲用骨瘦如柴的手在臀上擦了擦，扯下綁住棕色短髮的圍巾，抖鬆。

我想老媽大概還要二十分鐘才會買完東西回來，便跟著進屋。

我們跟著蘿絲來到臥室，蘇珊和我們離開時一樣坐在床上看雜誌，書頁一邊是伊莉莎白和艾笛・費雪，另一邊是黛比・雷諾。艾笛和伊莉莎白看起來笑得很開心，黛比則一臉悶。

「蘇珊，瑪姬呢？」

「不知道，夫人，她離開了。」

蘿絲挨著她床邊坐下，拍拍蘇珊的手。

「他們說，妳看到事情經過了，對不對？」

「對，夫人。吠吠摸瑪姬，瑪姬就打他。」

「摸她？」

蘇珊點點頭，然後把手放到自己扁瘦的胸口上，彷彿在對國旗宣誓。「這裡。」她說。

蘿絲瞪著看了一會兒。

然後說：「妳有阻止她嗎？」

「妳是指阻止瑪姬嗎？」

「是的，阻止她打吠吠。」

蘇珊頗為困惑，「我沒辦法阻止，事情發生得太快，錢德勒太太。吠吠摸她，然後瑪姬立刻就打他了。」

「妳應該試著阻止她的，親愛的，」她再次拍著蘇珊的手，「瑪姬是妳姊姊。」

「是的，夫人。」

「打一個人的臉會產生很多後果，說不定有個閃失就會把耳膜弄破，或戳到眼睛，那是很危險的行為。」

「是的，錢德勒太太。」

「蘿絲，我跟妳說過，叫我蘿絲。」

「是的，蘿絲。」

「妳知道縱容一個人做這種事表示什麼嗎？」

蘇珊搖搖頭。

「表示妳也有罪，就算妳什麼都沒有做，也算共犯，懂我意思嗎？」

「不懂。」

蘿絲嘆口氣，「那我這樣向妳解釋：妳愛妳姊姊吧？」

蘇珊點頭。

「因為妳愛她，所以會原諒她這種行為，不是嗎？就是她打吠吠的事？」

「她不是故意打他的，她只是很生氣！」

「她當然生氣，所以妳就原諒她了，我說得對嗎？」

「對。」

蘿絲笑了，「妳看吧，那根本是不對的，親愛的！那會變成一種縱容，她做錯事，而且是很壞的行為，妳卻因為愛她而原諒了她，這樣也是錯的，妳不能胡亂同情人啊，蘇珊，不管瑪姬是不是妳姊姊，妳都要懂是非，如果妳想過對的生活，就得記住這點。現在，從床上下來，衣服拉起來，內褲脫掉。」

蘇珊瞪著她，張大眼睛，僵在那兒。

蘿絲爬下床，鬆開腰帶。

「過來，親愛的。」她說，「這是為妳好，我得讓妳明白縱容會有什麼後果，瑪姬不在這裡，無法受罰，所以妳得承擔兩人的份。妳沒阻止瑪姬，沒叫她別那麼做——不管她是不是妳老姊，妳都要有是非概念。她該受罰，因為她先動手打人，所以妳現在給我過來這裡，別逼我出手拉妳。」

蘇珊只是瞪大眼睛，似乎無法動彈。

「好吧。」蘿絲說，「不聽話又是另一回事了。」

她緊緊地——雖然稱不上粗暴——抓住蘇珊的手臂，將她從床上扯下來。蘇珊開始哭，腿上的支架嘎嘎作響，蘿絲將她扭過來、面對著床鋪，讓她靠在床邊，把鑲紅邊的洋裝從背後掀起，塞進腰帶。

威利發出嗤嗤大笑，蘿絲瞪他一眼，要他安靜。

她把小小的白棉內褲拉到蘇珊腳踝上。

「妳縱容瑪姬，要挨五下；瑪姬挨十下，還有不聽話，要挨五下，總共二十下。」

蘇珊哭出聲，連我都能聽見，我看著淚水從她臉上滾落，突然感到一陣羞愧，打算從門邊溜開。唐尼似乎也想，但蘿絲八成看見了。

「你們給我站住別動，女生本來就愛哭，你們啥也不能做。不過這是為了她好，你們最好也參與。給我留下。」

腰帶只是薄薄的布條，不是皮製，所以我想大概不會太痛。

蘿絲將腰帶對摺、高舉過頭，咻地往下一揮。

啪。

蘇珊倒抽一口氣，開始放聲嚎哭。

她的屁股本來和蘿絲的胸部一樣蒼白，覆著一層細薄絨毛，現在卻顫抖不止。我看到她左臉頰的酒窩旁湧起一片紅暈。

蘿絲再次舉起腰帶，緊抿嘴脣。她面無表情，但十分專注。

腰帶再次揮落，蘇珊大哭。

緊接著又抽了第三、第四下。

蘇珊屁股上都是紅痕。

第五下。

她似乎要被鼻涕淚水噎住，呼吸變成用吞的。

蘿絲揮得更凶狠，我們只得往後退。

我在心裡數著。第六、第七，第八、九、十。

蘇珊的雙腿抽顫扭曲，泛白指節緊攀住床沿。

我從沒聽過這種哭聲。

快逃，我心想，天哪！要是我一定拔腿狂奔。

可是她當然跑不了；她和被鍊住沒兩樣。

我想到我們的「突擊」。

我心想，蘿絲正在玩突擊，真他媽的，雖然每次腰帶落下我身子便跟著一縮，還是忍不住這麼想。太有意思了。大人耶，竟然有大人在玩突擊，雖然不完全一樣，卻相當接近。

我忽然覺得不再有任何禁忌，罪惡感頓失，可是刺激感還在。我感到自己的指甲深深掐入手掌中。

我繼續數著，十一、十二、十三。

蘿絲的上唇和前額冒著細細的汗珠，動作變得十分機械化。十四、十五。她抬起手，我看到她的肚皮在沒繫腰帶的衣服底下起伏。

「哇！」

吠吠溜進房裡，擠進我和唐尼中間。

十六。

他盯著蘇珊扭曲脹紅的臉。「哇。」又說了一遍。

我知道他和我想著同一件事；我們全都在想同一件事。

處罰是很私人的，至少在我們家是這樣，就我所知，每個人家裡都是私底下處罰。

可是這不是處罰，這是「突擊」。

十七、十八。

蘇珊倒在地上。

蘿絲彎身。

她發出嗚嗚聲哭著，瘦小的身子抽搐不停，手擋住頭，戴著支架的雙膝盡可能抬至胸口。

蘿絲重重喘氣，把蘇珊的褲子穿好後，一把將她拉起來扔回床上，讓她側躺著，然後把她腿上的衣服撫平。

「好了，」她輕聲說，「就到這裡，休息吧，妳還欠我兩下。」

接著我們默默地站了一會兒，聽她在那裡低泣。

我聽到隔壁有車開進來。

「慘了！」我說，「是我媽！」

我衝過客廳，跑到錢德勒家門旁，從樹籬望過去。老媽把整輛車開進車庫了，她打開廂型車後門，正彎身把印有A＆P超市的袋子拿出來。

我奔過車道，來到我家前門，衝回樓上的臥房，翻開一本雜誌。

我聽到後門打開。

「大衛！下來幫我搬東西！」

門砰地關上。

我跑到車邊，媽媽皺著眉把袋子一個個遞給我。

「超市簡直擠死了。」她說，「你剛才在幹麼？」

「沒幹麼，我在看書。」

我轉身進屋時看到瑪姬站在錢德勒家對街，也就是佐恩家前面的樹林旁。

她瞪著錢德勒家，嚼著一根草，若有所思，似乎在做什麼決定。

她好像沒看到我。

不曉得瑪姬知道多少。

我把袋子拿進屋裡。

後來我去車庫拿水管，看到瑪姬和蘇珊在院子中，兩姊妹獨自坐在白樺樹後面放肆狂長的草地上。

瑪姬在幫蘇珊梳理頭髮，用梳子輕柔而穩健地梳著，彷彿一個沒弄好頭髮便會瘀傷。瑪姬用另一隻手捧著頭髮，僅用指尖輕輕扶起，然後讓髮絲自然垂落。

蘇珊甜甜笑開，雖是淺笑，卻看得出她很開心。姊姊讓她心安。

那一瞬間，我意識到她們兩人是如何相依為命，還有那種關係有多特殊，我幾乎要嫉妒起她們了。

我沒去打擾。

當我找到水管從車庫出來，風向已變，我聽見瑪姬在哼歌，輕柔得有如一首搖籃曲。《晚安艾琳》，我小時候晚上搭長途車時媽媽常會唱這首歌。

晚安，艾琳，晚安，艾琳，我將在夢中與你相見。

我一整天都在哼這首歌，每次一唱，眼前就浮現瑪姬和蘇珊坐在草地的模樣，感到臉上陽光暖熱，梳子的撫觸，還有那隻輕柔的手。

第十八章

「大衛，你有沒有錢？」

我在口袋裡掏找半天，找到一張發皺的一元紙鈔和三毛半的銅板。瑪姬和我正要去操場，待會兒有球賽。我帶了左撇子棒球手套和一顆舊的黑膠球。

我把錢拿給她看。

「能借我嗎？」

「全部？」

「我餓了。」她說。

「喔？」

「我想去點心小鋪買三明治。」

「三明治？」

我大笑。「妳幹麼不乾脆偷兩條糖呢？那邊的櫃檯看管很鬆。」

我自己就偷過很多次，我們大多數人都偷過。最屌的是，你只要走到想要的東西前方，把東西拿起來、走出去就行。不必偷偷摸摸也不必遲疑，點心小鋪向來熱鬧，根本沒什麼大不了，而且管店的霍里老先生誰也不甩，所以也不會有半點罪惡感。

可是瑪姬皺了皺眉。「我不偷東西。」她說。

我心想，天啊，妳也太嬌生慣養了吧。

我對她有點不屑。每個人都偷東西，小孩子本來就會偷東西。

「把錢借我就是了。」她說，「我保證一定還你。」

我無法生她的氣。

「好吧，當然，」我把錢塞進她手裡，「可是妳要三明治幹麼？在蘿絲家自己做就好啦。」

「我不能。」

「為什麼？」

「我不該做。」

「為什麼？」

「因為我還不能吃東西。」

我們越過街，我左右看了看，然後望著她。瑪姬面無表情，好像在隱瞞什麼，臉紅紅的。

「我不懂。」

肯尼、艾迪和勞．莫里諾已經在壘上互相傳球，黛妮絲站在捕手後邊的鐵網注視他們，可是還沒人瞧見我們。我看得出瑪姬想離開，但我只是死盯著她。

「蘿絲說我太胖。」她終於說出口。

我笑出聲音。

「怎樣啦？」她問。

「什麼怎樣？」

「我胖嗎？」

「呃？胖？」我明知道她很認真，還是忍不住大笑，「當然不胖，她是在跟妳開玩笑啦。」

瑪姬突然扭過頭，「什麼爛玩笑，」她說，「你自己試試看一整天不吃晚餐、早餐和午餐。」

不過接著她就閉上嘴，轉頭看著我說：「謝了。」

她轉身離開。

第十九章

球賽開打後大約一個小時就解散了。解散前，街區的小孩差不多全數到齊，不只肯尼、艾迪、黛妮絲和勞．莫里諾，還加上威利、唐尼、東尼．莫里諾。連葛蘭．納特和哈利．葛雷都跑來看勞打球。大小孩一來，球賽速度就變快了——直到艾迪沿三壘線擊出球開始跑壘之後。

除了艾迪本人，大家都看得出他犯規，但沒有人想跟他說。艾迪跑著壘，肯尼去追球，接著又上演互相叫罵的戲碼。雙方幹過來又操過去的。

唯一的不同在於，這回艾迪是掄著球棒追勞．莫里諾。

勞無論塊頭跟年紀都比艾迪大，可是艾迪有球棒，而且結果可能不只是打斷鼻子或腦震盪。勞很識相，帶著哈利和葛蘭從另一個方向離開球場，艾迪則從另一邊離開。

我們其他人繼續扔著球玩。

瑪姬回來時，我們正在傳球。

她把一些零錢塞進我的手裡，我放入口袋。

「我欠你八毛五。」她說。

「ＯＫ。」

我注意到她的頭髮有點油油，好像早上沒洗頭。不過看起來還是很漂亮。

「要不要做點什麼？」她問。

「像是？」

我左顧右盼，有些怕被別人聽見。

「不知道。去小溪怎麼樣？」

唐尼把球傳給我，我又傳給威利。他果然太慢，沒接到。

「算了，」瑪姬說，「你太忙了。」

她有點不高興（或有點受傷），總之她說完便作勢離去。

「別走——喂——等等！」

我沒辦法邀她玩球，因為這是硬的，她又沒手套。

「好啦，沒問題，我們去小溪旁待個一會兒。」

這件事要想做得漂亮只有一個辦法：我得去邀其他人。

「喂，你們要不要去溪邊玩？就是抓小龍蝦什麼的？這裡熱死啦。」

其實我覺得去溪邊不錯，因為天氣真的很熱。

「好啊，我去。」唐尼說，威利聳聳肩，也點頭了。

「我也加入。」黛妮絲說。

很好，我心想，黛妮絲也要跟，這下只剩吠吠了。

「我得吃一下午餐，」肯尼說，「也許待會兒過去。」

「好吧。」

東尼猶豫一會兒後覺得也餓了，所以只剩我們五人。

「我們先回家，」唐尼說，「拿罐子裝小龍蝦，順便拿點飲料。」

我們從後門進去，聽見地下室的洗衣機在響。

「唐尼，是你嗎？」

「是的，媽媽。」

他轉頭看著瑪姬，「妳去拿飲料好嗎？我去下面拿罐子，順便看她想幹麼。」

我、威利和黛妮絲一起坐在廚房桌邊，桌上有些吐司屑，我把屑屑刷到地上。桌上還有一只塞滿菸蒂的菸灰缸。我在裡頭找了一下，但沒找到還能吸的殘菸。

瑪姬拿出熱水瓶，小心翼翼把蘿絲那只大水罐裡的檸檬水倒進去。此時他們上樓來了。

威利拿了兩條花生奶油糖和一堆罐頭，蘿絲在褪色的圍裙上擦著手，她對我們笑了笑，然後看著廚房裡的瑪姬。

「妳在做什麼？」她問。

「只是在倒飲料。」

蘿絲從圍裙口袋拿出一包菸，點燃一根。

「我不是跟妳說過不許進廚房的嗎？」

「唐尼想要飲料，是唐尼要的。」

「我才不管是誰要的。」

她吐出一口煙，然後開始咳嗽。蘿絲咳得很凶，簡直要咳出肺了，一時間說不出話。

「只是果汁，」瑪姬說，「我又沒吃東西。」

蘿絲點點頭，「問題在於，」她又吸了一口菸，「問題在於，妳在我回來之前偷了什麼。」

瑪姬倒好果汁後放下水罐，「我沒有，」她嘆道，「我什麼都沒偷。」

蘿絲又點點頭。「過來。」她說。

瑪姬只是站在那裡不動。

「我叫妳過來。」

她走過去。

「張開嘴讓我聞聞看。」

「什麼？」

黛妮絲在我旁邊開始咯咯笑。

「不許頂嘴，把嘴張開。」

「蘿絲……」

「打開。」

「不要！」

「什麼？妳說什麼？」

「妳沒有權利……」

「老娘什麼權利都有，張開嘴。」

「不要！」

「我叫妳張嘴，妳這個騙子。」

「我不是騙子。」

「我知道妳是蕩婦，不過看來妳也是個騙子。把嘴打開！」

「不要。」

「打開！」

「不要。」

「叫妳打開聽到沒。」

「我不要。」

「噢，妳會要的，必要的話我會叫這些男生幫妳打開。」

威利悶哼著笑出來，唐尼依然拿著罐頭和瓶子站在門口，一派尷尬。

「把妳的嘴巴打開，妳這賤貨。」

黛妮絲一聽，又咯咯大笑。

瑪姬直瞪著蘿絲，用力吸了一口氣。

她好像突然變成了大人，散發某種尊嚴。

「我跟妳說過了，蘿絲，」她說，「我不要。」

就連黛妮絲聽了都嚇得閉上嘴。

我們全部驚呆，從沒見過這種情況。

小孩子是沒有任何分量的，向來如此。小孩子應該忍受羞辱，或乾脆逃跑。如果你要抗議，也只能用間接的方式。你可以衝回自己房間、用力甩上門，你可以尖叫大吼、吃飯時悶不吭聲。你可以發脾氣——或故意不小心打破東西。但你只能耍這些小動作，千萬不能挺身面對大人，或義正辭嚴叫他去死，你不能站在那裡用冷靜語氣對他說不。我們還太小，不能那麼做，所以大夥兒才會目瞪口呆。

蘿絲笑了笑，在菸灰缸裡捻熄菸蒂。

「那我去找蘇珊好了，」她說，「她應該在她房裡。」

這下換她瞪著瑪姬。

兩方這麼劍拔弩張地對峙了一會兒。

接著瑪姬的態度軟化。

「妳別把我妹妹扯進來！妳別動她！」

她雙手握拳，連指節都發白了。我馬上意識到瑪姬曉得那天蘇珊挨打的事。

我不確定還有沒有別次挨打。

但是就某個角度而言，我們都鬆了一口氣。這樣比較像我們習慣看到的狀況。

而蘿絲只是聳聳肩，「妳不必那麼不爽，瑪姬，我只是想問她知不知道妳在吃飯之間到冰箱拿東西吃。如果妳不肯照我的話做，她就慘了。」

「她又沒和我們在一起！」

「她一定會聽到妳的動靜吧，親愛的，鄰居一定也聽到了。反正姊妹之間一定會曉得，對吧？這是種本能。」

蘿絲轉向臥室。「蘇珊？」

瑪姬伸手抓住蘿絲的臂膀，似乎變了個人，變得害怕、無助又急切。

「妳去死！」她說。

這句話千不該、萬不該說出口。

蘿絲火速回身打了她一巴掌。

「妳敢嗆我?妳敢嗆老娘?媽的,妳敢動到我頭上?」

她又出手打她,瑪姬往後退,再次撞到冰箱,一個失去平衡跪倒在地。蘿絲衝過去抓住她下巴,用力扯。

「現在給我打開妳的臭嘴,聽見沒?否則看老娘怎麼踹死妳和妳小妹!聽見沒?威利?唐尼?」

威利站起來走過去,唐尼不知道該怎麼辦。

「抓住她。」

我僵在一旁。事情發生得太快,坐在我旁邊的黛妮絲也瞪大了眼睛。

「我說抓、住、她。」

威利站起來,走過去抓住她的右臂,看來蘿絲抓得太用力,似乎把瑪姬的下巴弄疼了,因為她並沒有掙扎。唐尼把瓶子和罐頭往桌上一放,抓住瑪姬的左手。兩個罐頭從桌上滾落,咚咚掉到地上。

「張開,賤人。」

瑪姬開始掙扎著想站起來,又抖又跳,可是他們把她按得死緊。威利顯然很樂,但唐尼的臉色很難看。蘿絲已經伸出兩手，試圖把她的下顎扳開。

瑪姬咬她。

蘿絲大叫一聲，踉蹌往後退開，瑪姬扭動著站起，威利把她的手拽到背後，用力抬高，瑪姬不禁出聲慘叫，彎身想要掙脫，同時驚惶地奮力揮動左臂，想甩開唐尼——她差點成功了。唐尼沒抓得那麼緊，瑪姬差點掙脫開。

蘿絲又上前。

她先站在那兒打量瑪姬——大概是在找破綻吧——接著她握起拳，像男人打架那樣出拳重擊，打在瑪姬的腹部。聽起來好像在打籃球。

瑪姬倒下，大口喘氣。

唐尼鬆開她。

「天啊！」黛妮絲在我旁邊低聲說。

蘿絲退開。

「想打架是不是？」她說，「好啊！來打呀！」

瑪姬搖搖頭。

「還是妳不想打架？不打啦？」

瑪姬又搖頭。

威利看著他母親。

「可惜。」他靜靜說道。

他還抓著瑪姬的臂膀，接著突然一扭。瑪姬彎身。

「威利說得沒錯，」蘿絲說，「真可惜，放馬過來啊瑪姬親愛的，打呀，妳跟他打呀。」

威利用力扭瑪姬肩膀，她痛得跳了起來，喘著氣，三度搖頭。

「我看她是不想打了，」蘿絲說，「我今天不管講什麼這個女孩都不肯聽話。」

她甩著被瑪姬咬到的手，檢查了一下。從我坐的地方只看得到一片紅斑，並沒有咬破皮或受什麼傷。

「放開她吧。」蘿絲說。

威利鬆開瑪姬的手，她往前癱倒、哭了起來。

我不想看了，於是把頭撇開。

我看到蘇珊站在走廊牆邊，驚嚇萬分地盯著屋子角落的姊姊。

「我得走了。」我說，語調之沉重，連自己都覺得詭異。

「還要不要去溪邊那裡？」威利似乎很失望。這個混蛋一副什麼事都沒發生的模樣。

「晚點吧，」我說，「我得走了。」

我知道蘿絲在看我。

我站起來，不敢經過瑪姬身邊，而是直朝著蘇珊的方向走向前門。蘇珊似乎沒注意到我。

「大衛。」蘿絲極其平靜地說。

「什麼事？」

「這是所謂的家庭糾紛，」她說。「只是我們自己的家務事，你雖然看到了，但是這和別人無關，懂嗎？你明白嗎？」

我遲疑了一下，然後點點頭。

「乖孩子。」她說，「我就知道你會明白。」

我走到外頭，天氣熱又悶，屋子裡涼多了。

我走回林子裡，繞過前往小溪的路徑，深入莫里諾家後方林中。那裡比較涼，可以聞到松樹和泥土的氣味。

我眼前一直浮現瑪姬俯身哭泣的畫面，又看到她站在蘿絲面前，冷冷地、直接注視著她說，我已經跟妳說不要了。不知為何，這令我想起這週一開始我和媽媽的口角。你跟你爸爸一個樣，她這樣說。而就算我當時的反應再激烈，也無法和今天的瑪姬相比。我輸了，我覺得好氣，我好恨媽媽。而今，我卻像個旁觀者似地想起那件事，接著又想到今天發生的一切。

這真是個奇異的早晨。

可是一切又彷彿留不下任何痕跡。

我穿過樹林。

心中一絲感覺也沒有。

第二十章

從我家穿過樹林、越過巨石所在的小溪，然後沿著對岸走過兩棟老房子和一處建地，就可以到達點心小舖。第二天我就是從那條路回家的，我把《三劍客》、一些甘草糖和泡泡糖——這是我想到瑪姬時買的——裝在紙袋裡。就在這時，我聽到瑪姬的尖叫聲。

我知道是她，雖然不過是一聲尖叫，可能是任何人發出來的，我卻知道是她。

我靜靜沿著河岸走。

瑪姬站在巨石上，威利和吠吠一定是趁她把手伸進水裡時嚇到她的。因為瑪姬的袖子捲了起來，前臂有水珠，長長的紫色疤痕像蟲一般從她皮膚上凸起。

他們用地窖裡的罐頭扔她，吠吠至少瞄得算滿準。

威利卻瞄準她的頭部。

頭部較難瞄，威利老是扔偏。

吠吠先擲中她的膝蓋，當瑪姬轉身，他又擊中她背部。

瑪姬又轉了一次，正好看到他們拿起玻璃花生奶油罐，吠吠正式開轟。玻璃在她腳下碎散，噴濺到腿上。

要是被其中一個罐子扔中，瑪姬就慘了。

除了遁入溪裡她沒地方躲，此時已來不及爬上我旁邊的高岸，萬不得已，只能做出這個反應。

瑪姬只能躲進水裡了。

那天小溪十分湍急，溪底的石頭又覆滿青苔。我看到她絆了一下，當另一個罐子在附近石頭上擊碎，瑪姬幾乎立刻跌倒。她趕快爬起來，大口喘氣，全身溼到了肩頭。她試圖逃跑，可是才跑四步就又跌跤。

威利和吠吠高聲嚎叫著，笑得連罐子都忘記扔了。

瑪姬站起來，這回終於站穩，她朝下游衝去。

等她繞過彎處，便能找到一片濃密的樹叢掩護。

鬧劇結束。

怪的是好像沒人看見我。他們一直對我視若無睹，我覺得自己像幽靈一樣。

我看著他們收拾剩下的瓶瓶罐罐，沿著小路大笑走回家，聽著他們的聲音漸行漸遠。

爛人，我心想。到處都是碎玻璃，我們沒法在水裡玩了，至少得等水漲起來才行。

我小心翼翼地越過巨石，來到河岸對面。

第二十一章

瑪姬在七月四日國慶日進行還擊。

時值黃昏，溫暖的夜色漸沉，幾百個人在高中學校前的紀念運動場，坐在毯子上等著看煙火。唐尼跟我和我爸媽坐在一起，那晚我邀他過來一起吃晚飯。他和我爸媽的朋友（住在兩條街外的漢德森夫婦）同坐。

漢德森夫婦是天主教徒，沒生小孩，也就是說他們不太正常——雖然沒人知道究竟哪裡不正常。漢德森先生個頭很大，酷愛戶外活動，喜歡格子襯衫和燈芯絨褲，簡直是男人中的男人，而且很風趣。他在自己後院養獵犬，有時我們去他家，他會讓我們玩他的ＢＢ槍。漢德森太太瘦瘦的，金髮，鼻子不挺，可是還滿漂亮。

有回唐尼說，他實在看不出他們哪裡有問題，因為他巴不得馬上撲上去操她。

從我們坐的位置可以看到坐在運動場對面的威利、吠吠、瑪姬、蘇珊和蘿絲，他們坐在莫里諾家旁邊。

整個鎮的人都來了。

凡是能走、能開車或至少能爬的人，七月四日都會去看煙火。除了陣亡將士紀念日的遊行外，那可是我們一年一度的大日子。

警察會形式上過來察看，大家都不認為會出亂子。當年的小鎮還是那種人人互相認識，或至少間接有來往的年代。家家日不閉戶，免得客人來時主人不在。

鎮上大多警察也都是家裡的朋友。我爸通常在酒吧或在海外戰爭退役軍人協會認識他們。他們主要只是來確定沒有人把火藥球扔得離毯子太近，然後就只是跟大家一樣站在附近等著看煙火。

唐尼和我邊聽漢德森先生談小獵犬剛生了一窩小狗，邊用保溫杯喝冰茶，然後嘻嘻哈哈朝對方打嗝，用燉肉味薰對方。老媽每次燉肉都會在裡面放很多洋蔥，老爸簡直抓狂，可是我們都很愛吃。再半個小時大夥兒就會開始放屁了。

廣播上正在大聲播放作曲家蘇沙的曲子。

一輪弦月掛在高中學校大樓的上空。

在昏暗的光線中，可見小小孩在人群裡追來追去，人們將煙火點燃，我們後面有一大排兩英寸長的煙火砲，有如機關槍那樣炸開。

我們決定去吃冰淇淋。

餐飲車的生意好到爆，小鬼頭擠成一團。我們慢慢穿過去，怕被踩到腳。我要了份棕牛牌冰淇淋，唐尼買的是巧克力冰棒，我們試圖擠出人群。

接著我們看到瑪姬在貨車邊和詹寧斯先生講話。

我們立刻停住腳步。

因為詹寧斯先生是警官，是個條子。

看到瑪姬的動作、手勢和傾著身子對他說話的模樣，我們立刻明白她在說什麼了。

這太可怕、太嚇人了。

我們當場僵住。

瑪姬在打小報告，她出賣蘿絲，出賣唐尼，出賣每一個人。

她背對著我們。

我們愣愣地看了她一會兒，然後有志一同互看。

我們晃過去，邊吃著冰淇淋，一派輕鬆地站到離她較遠的一側。

詹寧斯先生看了我們一眼，又朝蘿絲、威利和其他人的方向看了看，接著點點頭，仔細聆聽。

他專注地看著瑪姬。

我們認真地啃著冰淇淋，望著別的方向。

「嗯，我想那是她的權利吧。」他說。

「不對，」瑪姬說，「你沒搞懂。」

可是接下來的話我就聽不見了。

詹寧斯先生笑了笑、聳聳肩，將長滿雀斑的大手放在她肩上。

「聽我說，」他表示，「就我所知，妳的爸媽應該也會有同感，我們怎麼會知道呢？可是現在妳得把錢德勒太太當成自己的媽媽了，不是嗎？」

瑪姬搖頭。

接著，我想這是詹寧斯第一次意識到唐尼和我到底是什麼人，以及在他們的談話中扮演的角色。他臉色一變，但瑪姬還在持續爭論。

他正色，看著瑪姬身後的我們一會兒。

然後他拉起瑪姬的手。

「我們去走走。」他說。

我看到瑪姬緊張地望著蘿絲的方向，可是此時天色已近全黑。除了月亮、星星和偶爾現身的煙火，已經很難看清什麼。蘿絲不太可能發現他們兩人在一起。從我所站的地方，人群已變成模糊一片，好像樹叢或大草原上突起的仙人掌。我知道他們坐在哪兒，卻看不清，也看不見我爸媽及漢德森夫婦。

我很清楚瑪姬為什麼害怕，因為我自己也怕得要死。她的做法讓人產生禁忌和刺激感，就和在白樺樹上透過窗口偷看她的感覺一樣。

詹寧斯先生背對我們，輕柔地將她帶開。

「媽的。」唐尼喃喃說道。

我聽到咻一聲，天空炸開，亮白的蕈狀煙火碎裂紛落。

人群發出「哇——」的讚嘆。

我在煙火餘輝中看著唐尼，見到他的困惑與擔憂。

他向來都是不願欺負瑪姬的那個，現在也還是。

「你打算怎麼辦？」我問他。

他搖搖頭。

「詹寧斯不會相信瑪姬的。」唐尼說，「他什麼都不會做。條子只會出一張嘴，但從來幹不了什麼。」

蘿絲好像跟我們說過類似的話，條子只會動口，從不動手。

我們走回毯子時，唐尼重複念著那句話，彷彿那是一種信仰，彷彿非那樣不可。

簡直像在禱告。

第二十二章

翌日晚間八點左右，巡邏車開進來了，我看到詹寧斯先生走上臺階敲門，蘿絲開門讓他進去。我從家中客廳窗口觀看，感覺胃在翻攪。

爸媽去參加天主教慈善團體哥倫布騎士團的派對，我老姊叫琳達．考登，十八歲，有雀斑，我覺得長得還滿可愛，不過和瑪姬沒得比。爸媽給她一小時七毛五的鐘點費當保母，只要我不吵不鬧，不打擾她看電視，她根本不管我做什麼。

琳達和我有協議，只要我不說出她男朋友史帝夫來家裡，或他們一整晚在沙發上親密，愛做什麼都行——不過必須在爸媽回家前就寢。她知道我已經夠大了，不需要保母。

所以我一直等巡邏車開走才去隔壁，時間約八點四十五。

他們一群人默默坐在客廳和餐廳，大夥兒都在，沒人離開。我覺得他們已經維持同一個姿勢好一陣子了。

所有人都瞪著瑪姬，連蘇珊也是。

我覺得非常詭異。

後來，到了六〇年代，我才了解那是什麼感覺。那時我打開徵兵機構寄來的信，裡頭的卡片通知我已符合當兵資格。

那是一種事態嚴重的感覺。

風險越來越高了。

我站在門口，蘿絲看到了我。

「哈囉，大衛。」她靜靜地說，「坐下來，加入我們吧。」接著她嘆口氣，「誰去幫我拿個啤酒來好嗎？」

飯廳裡的威利站起來走到廚房，幫蘿絲和他自己拿了啤酒、打開瓶蓋，遞給她一瓶，自己再坐下來。

蘿絲點了根菸。

我看到瑪姬坐在灰色電視螢幕前的摺疊椅上，看起來很害怕，卻十分堅毅，令我想到《日正當中》（*High Noon*）最後走在無聲街道上的賈力．古柏。

「這下好了，」蘿絲說，「這下可好了。」

她啜飲著啤酒，抽著菸。

吠吠在沙發上扭動。

我差點轉身走出去。

這時唐尼在客廳站起來，走到瑪姬面前。

「妳竟然叫條子來這裡抓我媽，」他說，「抓我母親。」

瑪姬抬眼看他，表情稍稍放鬆。因為他是唐尼，是不太願意欺負她的唐尼。

「對不起，」她說，「我只是想確定情況不會……」

他舉手賞她一巴掌。

「閉嘴！妳給我閉嘴！」

唐尼顫抖著手停在她面前。

好像只有這樣他才不會再動手，不會打得更重。

瑪姬驚駭無比地望著他。

「坐下。」蘿絲低聲說。

唐尼似乎聽若罔聞。

「坐下！」

唐尼退開，像軍人一樣向後轉，大步走回飯廳。

又是一片死寂。

最後蘿絲終於傾身向前，「我只想知道妳那時在想什麼？瑪姬？妳腦子裡到底在想些什麼？」

瑪姬沒回答。

蘿絲開始咳嗽，咳得很用力，然後再次穩住自己。

「我的意思是，妳是覺得他會帶妳走還是怎樣？帶妳和蘇珊離開嗎？把妳們從這裡帶走嗎？

「我告訴妳吧，那是不可能的，他不會帶妳們去任何地方，小女孩，因為他根本不在乎。如果他在乎，看煙火時他就會有所行動，但是他沒有，對吧？

「還有呢？妳心裡還在想些什麼？

「妳以為我會怕他嗎？」

瑪姬交疊著手坐著，眼中淨是頑強。

蘿絲笑了笑，喝了啤酒。

接著她也用自己的方式表現頑強。

「問題在於，」她說，「我們現在該怎麼辦？那個男人——或任何男人都沒有方法能令我畏懼，瑪姬，妳之前如果不曉得，希望妳現在懂了。可是我也不能讓妳每隔十幾二十分鐘就跑到警察那兒，所以問題來了：現在該怎麼辦？

「如果有地方可去，我會把妳送走，相信我，我一定會，我才不需要妳這種愚蠢的小賤人在外頭損壞老娘的清譽。他們付我的錢根本不夠老娘花工夫矯治妳。他媽的，他們給的那點錢——我能養妳算是奇蹟！」

蘿絲嘆道：「我真的得好好考慮這件事。」說完，她站起來到廚房打開冰箱。

「妳回房間，蘇珊也是，然後乖乖待在裡頭別出來。」

她伸手拿啤酒，接著放聲大笑。

「趁著唐尼還沒想到要再打妳之前，快滾。」

她打開啤酒。

瑪姬拉起妹妹的手，帶她回臥室。

「你也一樣，大衛。」蘿絲說，「你最好回家。很抱歉，不過我有些事得好好想一想。」

「沒關係。」

「要不要帶罐可樂或什麼的在路上喝？」

我笑了笑，路上？我家就在隔壁呀。

「不用了，沒關係。」

「還是我偷偷給你一罐啤酒？」

她露出一如往常的調皮眼神，緊張氣氛頓時煙消雲散。我哈哈大笑。

「那也不錯。」

她扔了一罐啤酒給我，我接住。

「謝啦。」我說。

「甭客氣。」她說，這會兒大夥兒全笑開，因為甭客氣是我們之間的暗號。每次她讓我們小孩子做爸媽不允許的事，總會說甭客氣。

「我不會客氣的。」我說。

我把罐子塞進襯衫、走到外頭。

等我回到家，琳達正蜷在電視前看《七海遊俠》片頭的愛德．拜尼斯梳頭髮，她看起來心情不大好，大概是史帝夫今晚沒來吧。

「晚安。」說完我上樓回房。

我喝著啤酒，然後想到瑪姬，實在不知道該不該幫她忙，做這種事一定會發生衝突。她還是吸引著我，我也很喜歡她，但是唐尼和蘿絲都是我的老朋友，我不確定瑪姬是否需要幫助，畢竟小孩子挨打受罰是家常便飯，只是不知道這件事會如何發展。

我們現在該怎麼辦？蘿絲這樣說。

我望著牆上瑪姬的水彩畫，也開始胡思亂想。

第二十三章

蘿絲決定從今以後再也不讓瑪姬獨自出門，除非有她或唐尼、威利陪著。瑪姬絕大部分時間都不出來，害我也苦無機會問問她有沒有想做的事，再決定要不要幫她。

這件事沒有我置喙的餘地，至少我是那麼認為。

我感到如釋重負。

但就算真的失去了什麼——失去瑪姬的信任，甚至她的陪伴——我也不是很清楚。我知道隔壁的氣氛變得詭異，但我大概只想暫時避開，自己先把事情想清楚。

因此，往後幾天雖然沒什麼見到錢德勒家的人，我也覺得很好。我會和東尼、肯尼、黛妮絲和雀莉兒廝混，覺得放心時甚至和艾迪混在一起。

錢德勒家的事在街區傳得沸沸揚揚，這些耳語遲早都會傳回他們家。大家之所以那麼驚訝，是因為瑪姬把警方扯進來了，那簡直是不可原諒，不見容於眾人。你能想像嗎？竟然把一個大人——尤其是一個等於你母親的大人，告到警察那兒去？實在是匪夷所思。

可是這件事卻又充滿了各種可能性，尤其令艾迪尋思，我猜他是在幻想能以此對付他老爸。我們很不習慣深思熟慮的艾迪，因此覺得他更古怪了。

不過除了報警一事，大家——包括我在內——只知道錢德勒家會為芝麻小事重罰小孩。打小孩又不是什麼新鮮事，問題在於，這件事發生在被大家視為安全避風港的錢德勒家，而且威利和唐尼都參與了。即便這樣，大家還是不覺得特別奇怪。

因為有「突擊」做為前例。

總而言之，還是因為警察被扯進來了。後來艾迪做出這個結論。

「反正蘿絲一點屁事也沒有不是嗎？」哼，好個深思熟慮的艾迪。

那倒是真話，而且奇怪的是，接下來一星期，大夥兒對瑪姬的態度也慢慢轉變，我們從欽佩她這樣孤注一擲，公然挑戰蘿絲的權威，變得有點輕視她。她怎麼會笨到以為警察會和小孩聯手對付大人？她怎麼會不了解這麼做只會使情況更糟？她怎麼會那麼天真、那麼信賴別人，蠢到無以復加？

警察是人民之友——個屁！我們絕不會有人那麼做，誰會那麼笨？

你幾乎可以因此排擠她。她向詹寧斯先生求助失利，似乎更證實小孩的無能，讓我們顏面盡失。「小孩」一詞因此被賦予全新含義，像一種不祥的威脅，也許我們一直曉得，只是以前無須多想。他媽的，大人就算把我們扔進河裡我們也束手無策，因為我們只是小孩。我們是某種資產，肉體和靈魂都屬於父母，那意味小孩在面對成人世界的威脅時無處遁逃，那意味著絕望、羞辱和憤怒。

瑪姬辜負了自己，彷彿也辜負了我們。

因此我們只能遷怒，把氣都出在瑪姬身上。

我也是這樣。就在那兩、三天之中，我的心態變了。我不再擔心她，也完全不去想她了。去他的，我想，要怎麼發展就怎麼發展吧。

第二十四章

遷往地下室。

第四部

第二十五章

那天我終於過去敲門——沒人來應，可是當我站在門廊，卻意識到兩件事：一，蘇珊在房裡大聲哭泣，聲音都穿透了紗窗。二，樓下一團混亂，家具在地上拖移，還有悶悶的咕噥與呻吟。空氣中飄盪腐臭味。

這下子事情大條了。

我迫不及待衝下樓。兩步併做一步跳下樓、繞過角落。我知道他們就在那裡。

蘿絲站在防空室門口盯著看，臉上帶笑，挪到一邊讓我過去。

「她想逃，」蘿絲說，「可是被威利攔下來了。」

他們阻擋她。所有人——威利、吠吠和唐尼——全撲上去，把她當沙包似地推到水泥牆上，輪番揍她肚子。瑪姬早已沒力氣掙扎，你只能聽見唐尼揍她時她用雙臂護住腹部、重重呼氣的聲音。

瑪姬咬緊牙根，眼神倔強。

一瞬間，瑪姬再次成為那個力抗群敵的女英雄。

但也只那麼一瞬間。因為我突然領悟，瑪姬別無選擇，只能照單全收，一步步敗下陣來。

我記得當時心想，還好不是我。

我若是願意，還可以加入他們。

這個念頭一升起，我就擁有了欺負她的權力。

我曾自問，到底是什麼時候開始的？我究竟從什麼時候開始變得那麼愚昧不堪？而我總把一切歸結到那一瞬間。

亦即，那種大權在握的感覺。

我從沒想過那只是蘿絲賦予我的權力，而且也只是暫時的。因為當時的感覺實在太真實。我在一旁觀看，與瑪姬的距離陡然拉大，甚至不可跨越。倒不是我不再同情她，而是我第一次感受到彼此本質的差異。她很可憐，而我不可憐。我在這裡是受到喜愛的，她卻遭受嚴重貶抑。也許這是無可避免的吧？我記得她問我他們為什麼恨她？那時我並不相信她的話，也無法回答。我是不是遺漏了什麼？也許是瑪姬的缺點造成的，只是我沒看出來？我第一次覺得瑪姬受排擠是因為她活該。

當時我希望是那樣。

如今卻滿心慚愧。

現在回想，那純粹出於一己之私，是我自己對世界的觀感。我曾想把過錯歸咎於父母的不和，歸咎於自己在永不止息的爭吵中養成的冷漠態度。可是我現在也不相信那一套了。我懷疑自己是否真正相信，不管爸媽多麼不和，他們卻非常愛我，甚至遠超過我應得的。這點我很清楚，因此根本與他們無關。

沒錯，嚴格說問題出在我身上。我一直在等待這件事或類似的事情發生。好像原始而赤裸的本能占據了我、釋放了我，並成為我的全部。在那個晴朗的夏日早晨，我心中颳起了一股野蠻而黑暗的旋風。

我會自問：那時我在恨誰？怕誰？又在怕些什麼？

在地下室裡，我在蘿絲的導引下開始明白，其實憤怒、憎恨、恐懼與孤寂都是一觸即發的情緒，只要輕輕撩撥，便可帶來毀滅。

我也發現，那些情緒能給人勝利的快感。

我看著威利退開一步，靈巧地用結實的肩膀去撞她腹部。瑪姬被撞到雙腳離地。

她唯一的希望就是他們沒瞄準好，自己一頭撞到牆上去——可惜沒人失誤。瑪姬越來越累了。她無處可逃、無路可退，只能不斷挨打，直到倒下。她快撐不下去了。

吠吠作勢衝上前，瑪姬只得跪下來，免得被擊中腹股溝。

「哭呀，他媽的！」威利大叫，他跟其他人一樣氣喘吁吁，轉頭對我說。「她不肯哭。」

「她才不在乎。」吠吠說。

「她會哭的。」威利說，「我會讓她哭。」

「她太驕傲了。」蘿絲在我背後說，「驕兵必敗，你們大家都好好記住，驕兵必敗。」

唐尼用力撞她。

他是打美式足球的，瑪姬的頭因此敲到後面磚牆。她雙手一鬆，眼中怒火熊熊。

她沿牆往下滑了幾英寸。

然後停下，定在那裡不動。

蘿絲嘆了口氣。

「夠了，男孩們。」她說，「你們沒辦法讓她哭出來的，還沒辦法。」

她招了招手。

「走吧。」

我看得出那幾個男生還不想善罷干休，但蘿絲似乎很煩了，不想繼續。

接著威利咕噥了幾句蠢蛋賤人之類的話，他們一個接一個離開。

我是最後一個。我很難移開眼神。

沒想到竟然會發生這種事。

我看到瑪姬順著牆壁滑下來，蹲坐在冰冷的水泥地上。

我不確定她是否意識到我在場。

「我們走。」蘿絲說。

她關上後邊的鐵門、拉上門閂。

瑪姬被丟在黑暗中，關在肉櫃門後方。我們到樓上喝了可樂，吃了蘿絲拿出來的起司和餅乾，一群人圍坐在餐桌邊。

我還聽得見蘇珊在臥室裡哭泣（現在音量變小了）。接著威利站起來打開電視，競賽節目《答對或受罰》開始播放後，就再也聽不到蘇珊的聲音了。

我們這麼看了一會兒。

蘿絲拿出一本婦女雜誌攤在桌前，邊抽菸邊翻看，一邊喝著瓶裝可樂。

她翻到一張照片——那是口紅廣告——然後停下來。

「我不懂，」她說，「這女的長得很普通不是嗎？你們瞧？」

她拿起雜誌。

威利看一眼，聳聳肩，咬了口餅乾。可是我自己覺得那女的很美，年紀和蘿絲差不多，也許稍年輕一些，但很漂亮。

蘿絲搖搖頭。

「我走到哪兒都能看到她，」蘿絲說，「我發誓到處都看得到，她叫蘇西．派克，超級名模，可是我就看不出她哪裡紅。也許因為她的頭髮是紅色的吧，男人喜歡紅頭髮的女生，可是他媽的，瑪姬也是紅頭髮，也比這個女的美，你們覺得呢？」

我又去看照片，也同意蘿絲的看法。

「我真是搞不懂。」她皺著眉，「瑪姬絕對比她漂亮。漂亮太多了。」

「當然。」唐尼說。

「這世界真是瘋了，」蘿絲說，「我覺得實在沒道理。」

她切了一片起司，擺到餅乾上。

第二十六章

「跟你媽說今晚你睡我家。」唐尼說，「有件事我想和你談談。」

我們站在楓橋上拿石頭打水漂，溪水清澈，潺潺流動。

「現在談不行嗎？」

「行啊。」

可是唐尼沒把心裡話說出來。

我不知道自己為什麼不想過去睡，也許是怕自己會和他們牽扯得更深，又或者只是知道媽媽會說些什麼——錢德勒家有女生在，去過夜並不妥當。

是說，萬一她知道真相那還得了，我想。

「威利也想和你談一談。」唐尼說。

「威利也想？」

「是啊。」

我大笑起來。威利有心事？那還真的得談一下了。這事怎麼那麼有趣。

「如果是那樣，我就非去不可了，對吧？」我說。

唐尼也大聲笑開，並在斑駁的陽光下打出一個連彈三次的水漂。

第二十七章

老媽很不高興。

「不行。」她說。

「媽，我又不是一天到晚跑過去睡。」

「至少最近沒有。」

「妳是指瑪姬和蘇珊搬進來之後吧？」

「沒錯。」

「拜託，又沒什麼大不了的，還不是跟以前一樣：男生睡雙層床，瑪姬和蘇珊睡蘿絲房間。」

「是錢德勒太太的房間。」

「是啦是啦，錢德勒太太的房間。」

「那錢德勒太太呢？」

「睡沙發，客廳的沙發床。這有什麼關係？」

「你明知道有關係。」

「我不知道。」

「你知道。」

「我不知道。」

「怎麼回事？」老爸從客廳走進廚房，「到底什麼事？」

「大衛又想去錢德勒家過夜了。」媽媽把豆子折斷、放進濾鍋。

「去那邊過夜？」

「對。」

「那就讓他去啊。」爸坐到廚房桌邊打開報紙。

「羅伯特，人家家裡現在有兩個女生。」

「那又怎樣？」

媽嘆口氣，「拜託你別跟我唱反調好不好，羅伯特。」

「唱反調？去你的，」爸說，「就讓他去吧。有咖啡嗎？」

「有。」媽又嘆了口氣，在圍裙上擦手。

我站起來，搶在她之前走到咖啡壺邊，把爐火點上。媽看看我，又回頭去撿豆子。

「謝了，老爸。」我說。

「我可沒說你能去。」媽媽說。

我笑著說，「妳也沒說我不能去呀。」

她看看我爸，搖搖頭。「真是的，羅伯特。」她說。

「嗯。」我爸應了一聲，又回去看報紙。

第二十八章

「我們跟她講突擊的事了。」唐尼說。

「跟誰？」

「蘿絲，我媽——要不還有誰？有夠笨。」

我進門時，唐尼一個人在廚房做花生奶油三明治，我猜那是當天的晚餐。

流理臺上有花生奶油和葡萄果醬的油跡和麵包屑，我只是覺得有趣，便數了數抽屜裡的餐具，還是只有五組。

「你們跟她說啦？」

他點點頭，「是吠吠說的。」

唐尼吃了一口三明治，坐到客廳桌邊。我在他對面坐下，木桌上有一條以前從沒見過的半英寸菸痕。

「天啊，那她怎麼說？」

「她什麼都沒說。好奇怪喔，好像她本來就知道似的，你瞭吧？」

「本來就知道？知道什麼？」

「知道一切啊。好像什麼都沒關係，好像她老早知道我們在幹那件事，好像每個小孩都會那樣。」

「你是在開玩笑吧。」

「沒有，我發誓。」

「狗屁啦。」

「我告訴你，她只想知道有誰跟我們一起玩，所以我就告訴她了。」

「你告訴她了？你把我、艾迪、每個人都供出來了嗎？」

「我說過她不在乎了嘛。喂，你別那麼緊張好不好，大衛，她又沒覺得怎樣。」

「黛妮絲呢？你也跟她講黛妮絲的事情了嗎？」

「對啊，我全講了。」

「你有說她沒穿衣服嗎？」

我真是不敢相信。我一直以為威利比較笨。我注視唐尼啃三明治，他對我笑了笑，搖搖頭。

「告訴你，安啦。」他說。

「唐尼——」

「真的啦。」

「唐尼。」

「幹麼？大衛？」

「你瘋了嗎？」

「沒有啊，大衛。」

「你有沒有想過萬一怎麼樣的話，我會……」

「你不會怎樣啦，拜託別這麼大驚小怪行嗎？拜託，她是我老媽耶，你沒忘記吧？」

「所以我就應該很放心地讓你老媽知道，我們把一個裸體小女生綁到樹上？」

他嘆口氣，「大衛，我要是早知道你這麼蠢，就不跟你說了。」

「我蠢？」

「對啊。」這下換唐尼生氣了。他把最後一口黏糊糊的三明治塞進嘴裡，站起來。

「你是豬啊，要不然你以為那防空室是怎麼回事？現在又是怎麼回事？」

我傻楞楞地看著他。我怎麼會知道防空室是怎麼回事？又有誰在乎？

但接著我就懂了——瑪姬在裡面。

「不會吧。」我說。

「會。」唐尼到冰箱裡拿可樂。

「狗屎。」

他大笑。「你能不能別再說狗屎？如果不信，你就自己去瞧，媽的咧，我只是上來吃三明治的。」

我衝下樓，還聽見他在後頭高聲大笑。

外面天色漸黑，因此地下室的燈亮著。裸露的燈泡高懸在階梯下的洗衣機、烘衣機及角落抽水機上方。

威利站在蘿絲後面，在防空室門口。

兩人手裡都拿了手電筒。

蘿絲扭開她的手電筒，像站崗的條子一樣朝我晃了晃。

「大衛來啦。」她說。

威利瞄我一眼，意思是「誰理他」。

我張開嘴，覺得好乾好渴，我舔舔嘴唇，對蘿絲點點頭，從門口望進角落。

一開始我還沒意會過來——大概是太詭異，因為是瑪姬——而且蘿絲也在的緣故吧。我覺得好像在做夢，或萬聖節玩的某種遊戲。所有人都化上妝，即使知道對方是誰還是認不太出來。接著唐尼走下樓，拍拍我的肩膀，遞給我一罐可樂。

「懂了嗎？」他說，「我就跟你說嘛。」

此時此刻，我真的懂了。

他們把釘子釘進老威利架在天花板的橫梁（那是兩根間隔三英尺的釘子），割了一條兩倍長的晒衣繩，綁住瑪姬的手腕，把繩子纏到兩根釘子之間，再把繩子綁上沉重的工作檯桌腳。這樣一來，只要解開桌腳上的繩子，繞著釘子調整鬆緊程度，再綁好繩子就成。

瑪姬站在一疊書上，是三本紅色厚厚的世界百科全書。

她的嘴被塞住，眼睛也蒙上；她光著腳，穿著髒兮兮的短褲和短袖上衣，伸長身體，露出衣褲之間的肚臍。

瑪姬的肚臍是凹進去的。

吠吠在她面前來回走動，以手電筒上上下下地照著她的身軀。

瑪姬眼罩下的左臉頰上有一道瘀傷。

蘇珊坐在一箱蔬菜罐頭上看，頭髮綁著藍色絲帶做的蝴蝶結。

看到角落有一堆毛毯和充氣床墊，我才知道瑪姬睡在那兒。我不知道這情形到底多久了。

「大家都到了。」蘿絲說。

淡琥珀色的昏暗光線自地下室其他地方射入，防空室光源則以吠吠的手電筒為主，光隨著他走來走去，陰影搖晃不定，更添鬼魅氣氛。高處唯一的鐵窗似乎也微微來回移動。兩根支撐天花板的四英寸見方木柱以怪異的角度斜過房間，堆在瑪姬床鋪對面角落的斧頭、鶴嘴鋤、鐵橇和鏟子似乎不斷變換位置、忽近忽遠、倏忽不定。

掉下來的滅火器亦彷彿在地上爬行。

然而占據整個房間的其實是瑪姬的影子。她頭往後仰，雙臂張開，搖來晃去，簡直像是恐怖漫畫的再現。那是《黑貓》裡的吸血鬼，是《知名怪獸》裡的景象，是以宗教審判為背景的廉價恐怖歷史小說場景。這些我們都有收集。

你應該不難想像火炬、怪異的刑具、隊伍，以及裝滿燒炭的火盆。

我簌簌發抖，不是因為冷，而是因為接下來可能發生的一切。

「突擊的規矩是：她得招供。」吠吠說。

「好吧，招什麼？」蘿絲問。

「招出一切、供出祕密。」

蘿絲點點頭，笑道：「聽起來不錯，只是嘴裡塞了東西要怎麼招？」

「媽，她不用立刻招啦，」威利表示，「反正等他們準備好妳就知道了。」

「確定嗎？那妳要招了嗎？瑪姬？」蘿絲問。「妳準備好了嗎？」

「她還沒準備好啦。」吠吠堅持，但這其實是多此一舉，因為瑪姬根本沒發出半點聲音。

「那現在怎麼辦？」蘿絲問。

靠在門框上的威利慢慢晃進屋內。

「我們先抽掉一本書。」他說。

威利彎身，抽掉中間那本書，往後一站。

繩子拉得更緊了。

威利和吠吠雙雙扭開手電筒，蘿絲的還放在一旁沒打開。

我看到瑪姬的手腕被緊綁的繩索勒出紅痕，背部微微拱起，短袖襯衫掀了起來。她勉強站在剩下的兩本書上，可是看得出小腿和大腿都繃緊了。她用腳尖站了一會兒，讓自己的手腕稍稍放鬆，接著身子再次軟掉。

威利關掉手電筒。那樣感覺更恐怖了。

瑪姬只是在原地輕輕晃著。

「快招，」吠吠說完，哈哈大笑，「不對，先別招。」他說。

「再抽掉一本書。」唐尼表示。

我注視蘇珊，發現她也在看。這個女孩兩手放在大腿的布料上，表情凝重。她目不轉睛地看著瑪姬，你卻讀不出她心裡在想什麼，或有何感覺。

威利彎腰抽掉一本書。

現在瑪姬必須踮起腳了，可是她還是沒出聲。

瑪姬的腿部肌肉拉得很緊。

「我們就看她能撐多久，」唐尼說，「一會兒後就會開始痛了。」

「不行，」吠吠說，「那樣還是太便宜她，我們抽掉最後一本書，讓她踮著腳站。」

「我想先觀察一陣子，看會發生什麼事。」

其實根本沒發生什麼事，瑪姬似乎決定堅持到最後，而且她非常能忍。

「你難道不想給她一個坦白的機會嗎？難道不是這樣玩的嗎？」蘿絲問。

「不行，」吠吠說，「還太早了，唉呀，這樣不行，再抽掉另一本書，威利。」

威利照做。

嘴巴被塞住的瑪姬於是發出了聲音，但只有一聲，猶如小小的吐氣，彷彿呼吸突然變得困難。她的上衣拉高到胸部下方，我看到她肋骨上的皮膚起伏不定，她的頭向後仰了一會兒，又再次往前倒。

她開始搖晃不穩，臉色變得醬紅，肌肉繃得死緊。

我們默默注視。

她好漂亮啊。

隨著拉力增加，伴隨呼吸一同發出的聲音也越來越頻繁。瑪姬忍耐不住，雙腿開始發顫：先是小腿，再是大腿。

她的肋骨上沁出一層薄汗，腿上也泛光。

「我們應該脫掉她的衣服。」唐尼說。

這句話之後，眾人停頓片刻，就如僵在半空、拚命維持平衡的瑪姬。

我突然覺得頭昏。

「沒錯。」吠吠說。

瑪姬也聽到了。她憤怒而害怕地搖著頭，喉嚨裡拚命地喊著「不、不、不」。

「閉嘴。」威利說。

她試著跳動、去扯繩索，想將繩子從釘子上弄鬆，瘋狂扭來扭去。可是這只是讓她更痛，連手腕都磨破皮了。

瑪姬似乎不在意。她死也不肯讓人把她的衣服脫掉。

她不斷奮戰。

不要，不要。

威利走過去拿書砸她的頭。

她跌回去，整個嚇傻了。

我看著蘇珊。她的手還是緊扣大腿，指節卻已泛白。她直勾勾地看著姊姊，沒看我們，不斷咬著自己的下脣。

我實在看不下去了。

我清清喉嚨，勉強擠出聲音。

「嗯，呃……各位……聽我說，我覺得好像不能……」

吠吠立即轉身看我。

「我們是經過許可的！」他尖喊道，「我們有許可！剝掉她的衣服！脫啊！」

我們看著蘿絲。

她站在門口，雙手交疊在腹部，表情嚴厲，好像在生氣，或在認真思考。蘿絲將嘴脣抿成一條細細直線。

她的眼神釘在瑪姬身上。

最後她終於聳了聳肩。

「突擊就是這樣玩的，不是嗎？」她說。

防空室比屋子其他地方更涼，甚至超越地下室，但此時涼意盡散，朦朦朧朧一股凝滯感逐漸升起，熱氣冉冉從每個人身上散發，飄在空中，環繞我們、隔開我們，卻又將所有人籠罩在一起。這一切清清楚楚：從威利緊抓百科全書、微微傾身的模樣；從吠吠靠上前，用手電筒瑪姬的臉上、大腿及腹部遊走撫觸的模樣。我感到身旁的唐尼和蘿絲散出熱氣，像某種甜蜜的毒藥流竄到我身上。那是一股心照不宣的默契。

我們要動手了，我們就要去脫她的衣服了。

蘿絲點燃一根菸，把火柴扔到地上。

「去吧。」她說。

煙氣在斗室中繚繞。

「誰來動手？」吠吠問。

「我來。」唐尼說。

他越過我，吠吠和威利拿手電筒對準她，我看到唐尼伸手到口袋，拿出一向帶在身上的小摺刀，轉頭看著蘿絲。

「衣服弄破沒關係嗎？媽？」他問。

蘿絲看他。

「我不用割短褲或其他地方。」他說，「可是……」

唐尼說得沒錯，只有用扯的或割的才可能脫掉她的上衣。

「沒關係，」蘿絲說，「反正我不在乎。」

「我們看看她是什麼貨色。」威利說。

吠吠哈哈大笑。

唐尼挨近她，亮出刀刃。

「別亂來，我不會傷害妳，可是妳如果亂來，就會挨揍，懂嗎？放聰明點。」

唐尼仔細解開上衣釦子，把衣服從她身上撥掉，似乎不好意思碰觸她。唐尼滿臉通紅，動作笨拙。他在發抖。

瑪姬開始掙扎，後來似乎覺得最好不要。

釦子鬆開的襯衫亂七八糟地掛在瑪姬身上，我看到她在底下穿了件白色的棉胸罩。不知為何我吃了一驚。大概因為蘿絲從不戴胸罩，所以我也以為瑪姬不會戴。

唐尼握著筆刀、伸出手，將左邊袖子往上割至頸線。他也得割破縫線才行，不過刀子很利，襯衫已經從瑪姬背後掉下去。

瑪姬開始哭。

唐尼走到另一邊，以同樣手法割開她右邊的袖子，然後嘶地一聲快速扯裂縫線，再退開。

「短褲呢？」威利說。

瑪姬的輕聲哭泣清晰可聞，她試圖透過塞住的嘴說不要，求求你們。

「別亂踢。」唐尼說。

短褲拉鍊開了一半，他鬆開拉鍊，將褲子從她臀上拉下來，一邊將她薄薄的白色內褲往上調整好，再把短褲從她腿上褪下。瑪姬的腿部肌肉一抽一顫。

唐尼再次退開、看著瑪姬。

我們都看著她。

我們看過瑪姬穿這麼少，她有一套兩件式的泳衣，那個年頭大家都有，小孩也一樣。我們見過她穿那件。

但這不一樣，胸罩和內褲是貼身衣物，只有其他女生能看。屋裡的女生只有蘿絲和蘇珊，蘿絲卻容許、鼓勵此事。我實在無法去細想原因。

更何況瑪姬還在，她就在我們眼前，我所有的思緒和憂慮全被感官的刺激給蒙蔽。

「妳要招了嗎，瑪姬？」蘿絲柔聲問道。瑪姬點頭表示「要」，而且很急切。

「不，她才不想招，不可能。」威利頭頂和前額泛著一層薄汗，他將汗水擦掉。

此時我們全都在流汗，瑪姬流得最多。她的腋下、肚臍凹和整片腹部都閃著汗珠。

「把剩下的也一起脫了。」威利說，「也許到時再讓她招供。」

吠吠咯咯笑著。「等她當完歌舞女郎再說吧。」

唐尼上前，把瑪姬胸罩的右邊肩帶割斷，然後是左邊，瑪姬的乳房向上微微一彈，罩杯鬆開。唐尼本可從後方解開胸罩的釦子，卻偏偏繞到前方，把刀片伸入兩個罩杯之間的白色細帶下開始割。

瑪姬哭出聲音。

哭成那樣一定很痛吧。因為每次她身體一動，就會被繩子扯住。

刀子很利，但還是花了點時間，接著啪的一聲，胸罩掉下來，瑪姬的酥胸袒露。

她的胸部比身體其他部位更白皙，蒼白、完美、豐潤，並隨著哭泣顫動，粉棕色的乳頭凸長——至少我這麼覺得——而且頂端幾乎是平的，像兩座小小的肉丘。我從未見過這種東西，立即產生想觸摸的衝動。

我進到了防空室內，蘿絲已在我的身後。

我聽見了自己的呼吸聲。

唐尼跪到瑪姬面前，手往上伸，乍看像在膜拜著什麼。

接著，他以手指勾住內褲，將褲子從她臀部緩緩拉至腿上。

接著又是另一片奇景。

瑪姬的毛髮。

一小撮泛著汗珠，淡金橘色的毛髮。

我看到她大腿上半部的點點雀斑。

她兩腿間若隱若現的肉褶子。

我仔細打量她，不知她的酥胸摸起來是何感覺？

她的肉體對我而言簡直難以想像，我知道她兩腿間的毛髮必定很軟——比我的還軟。我好想撫摸她。她顫動不已的胴體必然十分溫潤。

她的腹部、大腿，結實雪白的臀部。

慾念在我體內凝聚竄升。

室內瀰漫性的氛圍。

我感到胯下變硬變重，我走上前，興奮不已。我走過蘇珊身旁，看到目不轉睛的吠吠臉色蒼白、血色盡褪；我看到威利的眼睛盯著下邊的那撮毛髮。

瑪姬停止哭泣。

我回頭望了蘿絲一眼，這時，她也走上前，踏入室內。我看到她的左手撫著自己右胸，用指頭輕輕抓住，又鬆開。

唐尼跪在瑪姬面前抬頭看她。

「招供吧。」他說。

瑪姬的身體開始痙攣。

我可以聞到她的汗香。

她點點頭。她必須點頭。

而那形同投降。

「鬆開繩子。」唐尼對威利說。

威利走到桌邊解開繩索，讓瑪姬站上水泥地，再將繩子綁好。

她的頭向前軟倒。

唐尼站起來抽掉嘴塞（我發現那是蘿絲的黃色方巾），瑪姬張開口，唐尼把之前捲起來塞進去的破布抽出來，丟到地上，並把方巾放到他牛仔褲的後袋，方巾一角微微露出，唐尼因此看起來像個農夫。

「你能不能……我的手臂……」她說，「我的肩……好痛。」

「不行，」唐尼說，「就這樣，只能鬆開這麼多。」

「招供。」吠吠說。

「告訴我們妳怎麼自慰。」威利說，「妳一定有把手指放進去吧？」

「不對，告訴我們梅毒的事。」吠吠大笑。

「對耶，淋病。」威利咧開嘴。

「快哭。」吠吠說。

「我已經哭過了。」瑪姬說，她不那麼痛後，看得出又稍稍恢復之前的頑強。

吠吠只是聳聳肩，「那就再哭一次。」

瑪姬沒答腔。

我注意到她的乳頭已經鬆軟下來，變成平滑絲亮的粉紅色。

天哪！她好美。

瑪姬似乎看透了我的想法。

「大衛在這裡嗎？」她問。

威利和唐尼看著我，而我無法回答。

「在。」威利說。

「大衛……」瑪姬開口，卻無法把話說完。但是她也不需要，因為從她說話的語氣我立刻領悟：她不希望我在場。

而且我知道原因，這令我非常慚愧，就像瑪姬之前也令我羞愧一樣。可是我真的無法離開，因為其他人都在。何況我也不想走——我想看、我要看。當羞恥心遇到慾望，只能棄守。

「那蘇珊呢？」

「也在。」唐尼說。

「老天。」

「管他的，」吠吠說，「誰鳥蘇珊？妳不是要招供嗎？」

瑪姬用不耐煩又很成熟的語氣說：「招供是很無聊的事，我沒什麼好坦白的。」

我們全被堵得說不出話。

「我們可以再把妳吊起來。」威利說。

「我知道。」

「我們可以用皮帶抽妳。」吠吠說。

瑪姬搖頭。「拜託你們不要再來煩我，放過我吧。我沒什麼要招的。」

誰都沒想到會變成這樣。

一時之間，大夥兒只是愣愣地站著，等著看誰先開口，講點能說服她的話，讓她按遊戲規則玩「突擊」，又或者強迫她，甚至讓威利再把她吊回去。什麼都好，任何能讓突擊繼續進行的方法都行。

可是在那一刻，情勢丕變。若想恢復氣勢就得從頭再來。我想大家都意識到，那種危險緊張的刺激感就這麼消失了，瑪姬一開始說話，那感覺便消失無蹤。

關鍵就在這裡。

只要她一開口，就又成了瑪姬，不再只是某個美麗且裸體的受害者。瑪姬是一個聰明有腦、勇敢直言的人。

把布塞拿掉真是失算。

眾人十分鬱悶，氣惱挫敗。只能杵在那裡。

蘿絲率先打破沉默。

「我們可以這樣——」她說。

「怎樣？」威利問。

「照她的話啊，讓她一個人去想想，我覺得那樣也很好。」

我們思考了一會兒。

「好吧。」吠吠說，「就讓她在黑暗裡，吊在那裡靜一靜。」

我心想，那也是一種重新開始的方式。

威利聳聳肩。

唐尼看著瑪姬，我知道他並不想走，因為他目不轉睛地望著她。他抬起手，猶豫地慢慢探向瑪姬的胸部。

霎時間，我似乎成為他的一部分，感到自己的手也伸出來，就快要摸到她了。我幾乎可以感覺到她溼滑溫熱的皮膚。

「呃，」蘿絲說，「不可以。」

唐尼看著她，停下手，僅差幾英寸就會摸到瑪姬的酥胸。

我吸了一口氣。

「不准你碰那女孩。」蘿絲表示，「我不准你們任何人碰她。」

唐尼垂下手。

「像她這樣不乾不淨的女孩，你們的手千萬別沾到她，聽到沒？」蘿絲說。

我們都聽到了。

「是的，媽。」唐尼說。

蘿絲轉身把香菸踩在地上，對我們揮揮手說：「走吧，不過你們最好先把她的嘴塞住。」

我看看唐尼，他則看著地上的布塞。

「這弄髒了。」他說。

「也沒很髒。」蘿絲說，「我可不希望她整晚對我們鬼吼鬼叫。塞回去。」

接著她轉頭對瑪姬說：「小姐，妳給我好好思考一件事——嗯，事實上是兩件。第一，吊在那邊的可能是妳小妹，而不是妳。第二，我知道妳幹過一些壞事，很想聽妳親口招供，所以這不是什麼小孩子的遊戲。要麼妳們兩個自己說，要麼我從別人那裡問。妳仔細考慮考慮吧。」蘿絲說完便轉身離開。

我們聽著她爬上樓梯。

唐尼塞住瑪姬的嘴。

他本可摸她，但他沒有。

這感覺彷彿蘿絲還在房中監視，她的存在感遠大於殘留在空中的菸味，即使人不在，卻陰魂不散地纏著她的孩子和我。如果我們敢反駁或違逆，就會永無寧日。

就在那一刻，我明白她的許可是何其厲害的手段。

這是一場專屬於蘿絲的大秀。

所謂的「突擊」根本不存在。

了解這點後，我覺得豈止是瑪姬，我們所有人都彷彿被剝得精光、吊在那裡。

第二十九章

我們躺在床上，腦中淨是瑪姬的身影，大夥兒都無法成眠。時間在暖熱的暗夜中無聲悄逝，接著有人提起，當威利抽走最後一本書時瑪姬的模樣，她的手綁在頭頂站那麼久，一定很痛。而大夥兒總算看到女生的裸體，我們討論一陣子後又安靜下來，各自懷著心事蒙頭入睡。

可是這些夢裡只有一個主題：瑪姬。被我們扔著不管的瑪姬。

我們終究忍不住，還是非再見她一面不可。

唐尼一提議，我們就明白其中風險：蘿絲叫我們別管她，家裡那麼小，很容易傳出聲音，蘿絲又只睡在薄薄一道門外。而在蘇珊房裡，防空室的正上方，她是否像我們一樣躺在那裡睡不著？一心想著她姊姊？萬一蘿絲醒來逮到我們，後果就不堪設想。她可能會把我們全趕出來。

我們已想像到會有這個後果。

但是剛才種種景象太過鮮明，我們需要再次確認，才能相信自己真的親臨現場。瑪姬的胴體，她那樣唾手可得，這一切就像水中女妖的歌聲不斷召喚我們。

我們非冒這個險不可。

當晚月黑風高。

唐尼和我從雙層床的上鋪爬下，威利和吠吠從下鋪溜走。

蘿絲的門是關起來的。

我們躡手躡腳地走過去，吠吠這次終於忍住了竊笑的衝動。

威利從廚房桌上拿起一根手電筒，唐尼輕輕打開地下室門。

樓梯嘎吱作響，我們除了拜託老天保佑，其餘一點辦法也沒有。

防空室的門也會咿呀亂響，但並不嚴重。我們打開門走進去，和瑪姬一樣光腳站在冰冷的水泥地上。瑪姬就在那裡，和記憶裡一模一樣，彷彿時間靜止一般，與想像完全重疊。

嗯，也不盡然啦。

她的手很蒼白，布滿青紅斑點，即使在不均勻的手電筒微光下，仍能看出她的身體沒什麼血色。瑪姬全身起了雞皮疙瘩，乳頭突起，色沉緊實。

聽到我們進來，瑪姬發出哼哼唧唧的聲音。

「安靜。」唐尼悄聲說道。

瑪姬安靜下來。

我們看著她，就像站在某座神壇前方——也像觀賞動物園裡的珍禽異獸。

或二者兼而有之。

如今，我常會想，如果瑪姬是個醜陋胖妞，不是長得那麼漂亮，也沒有青春健美的胴體，一切會不會不同？也許不會——又也許，他們遲早還是會處罰這個闖入的外來者。

可是我覺得，就是因為瑪姬漂亮又堅強，蘿絲和我們這群不漂亮又懦弱的人才會對她幹出那種事，去彌平那種莫名其妙的不平衡。

「我打賭她想喝水。」吠吠說。

她晃動腦袋。是，是的沒錯，求求你們。

「如果我們給她水，就得把布塞拿掉了。」威利說。

「那又怎樣？她又不會亂叫。」

他走上前。

「妳不會亂吵吧？瑪姬？我們不能把媽媽吵醒。」

不會。她堅定地搖著頭，看得出真的很想喝水。

「你信任她嗎？」威利問。

唐尼聳聳肩，「如果她出聲，也會惹上麻煩，瑪姬又不笨，給她水吧，有什麼不行的？」

「我去拿。」吠吠說。

洗衣機旁有個水槽，吠吠打開，水聲在我們後方輕輕流淌，他異常安靜。

這樣的吠吠也是異常友善。

威利和先前一樣，把髒汙的破布從她嘴中取出，瑪姬呻吟一聲，開始左右移動著下巴。

吠吠拿了個舊玻璃水果罐將水盛滿。

「我在油漆罐旁邊找到的，」他說，「聞起來不會太臭。」

唐尼從他手上接過水，倒到瑪姬脣邊，她飢渴地啜飲，每次吞嚥，喉嚨便咕嚕咕嚕響，一下子就把水喝乾。

「噢，老天，」她說，「謝謝你們。」

那是一種很奇怪的感覺，好像每個行為都獲得原諒。她好像真的非常感謝我們。

沒想到不過是一罐水就有這種功效。

她真的十分無助。

不知道其他人是否和我有著同感——我好想撫觸她，想到都快昏倒了。我想把手放到她身上，看她到底摸起來是什麼感覺。乳房、臀部、大腿——以及兩腿之間那片金色捲毛。越不能做，就越想要做。

我覺得自己快要昏倒，心中左右為難。

「還要喝嗎？」吠吠問。

「可以嗎？拜託你。」

吠吠衝到水槽邊，又弄了一罐水，把水交給唐尼，瑪姬又把水喝光。

「謝謝，謝謝你們。」

她舔著乾裂的嘴唇。

「你們……你們可不可以……繩子……我真的很痛。」

看得出來繩子弄痛她了，即使她的腳穩穩踩在地板上，還是被吊得很緊。

威利看了看唐尼。

然後兩人一起回頭看我。

我一時間不知如何是好。他們何必在乎我的想法？他們好像希望能從我這裡得到些什麼，又不確定一定能得到。

不管怎樣，我點了點頭。

「應該可以吧。」唐尼說，「鬆開一點，不過有個條件。」

「什麼條件都行。是什麼？」

「妳要承諾不掙扎。」

「掙扎？」

「妳要承諾不發出任何聲音或做任何動作，妳得保證不掙扎，而且事後不跟任何人說，無論怎樣都不可以跟任何人說。」

「說什麼？」

「說我們碰了妳。」

唐尼終於說出口了。

那是我們在樓上寢室一直夢想的事。我其實也不該訝異，可是真的發生還是吃了一驚，幾乎無法呼吸。我覺得房裡每個人都能聽見我的心跳。

「碰我？」瑪姬問。

唐尼滿臉通紅，「妳知道的。」

「我的天。」她邊說邊搖著頭，「噢，天吶，拜託你——」瑪姬嘆口氣，考慮了一會兒。

「不行。」最後她說。

「我們不會傷害妳或怎麼樣，」唐尼說，「只是摸一摸而已。」

「不行。」

她似乎衡量過了，無論如何她就是辦不到，所以只能說到這裡。

「真的，我們不會亂來。」

「不行，我不准你們摸我，任何人都不行。」

瑪姬這下生氣了，唐尼也是。

「反正我們還是可以摸妳，媽的，誰可以阻止我們？」

「我。」

「妳能怎麼阻止？」

「只要你們敢碰我一下——只要有一個人敢碰——我不但會告發你們，還會大聲尖叫。」

她絕對沒有唬人。瑪姬真的放聲尖叫。她豁出去了。

瑪姬贏了。

「好好好，」唐尼說，「好吧，那我們就不管繩子了，而且還要把布塞回去，就這樣。」

瑪姬快哭了，但她死也不肯向唐尼投降，在這件事上絕對不行。她恨恨地說。「好啊，你就把我的嘴塞住，動手吧，滾，滾出這裡！」

「我們會的。」

他對威利點點頭，威利拿著布塞和圍巾走上前。

「張開。」他說。

她猶豫了一會兒才張開嘴，威利把布塞回去，用圍巾纏住，而且綁得比之前還緊。

「我們約好了，」唐尼說，「妳喝到了水，不過必須當我們沒來過，明白了嗎？」

她點點頭。這樣一絲不掛地吊在那兒，還要維護自己的尊嚴，著實困難。但瑪姬辦到了。

你真的不得不佩服她。

「很好。」唐尼說完，轉身準備離去。而我想到了一個點子。

我伸手拉住走過去的唐尼。

「唐尼？」

「幹麼？」

「這樣吧，我們讓她喘息一下，只要一下就好。只需要把工作桌往上推一、兩英寸，蘿絲不會注意到的——你看看她嘛，難道你想讓她肩膀脫臼嗎？離早上還很久，你懂我意思嗎？」

我故意音量很大，讓瑪姬能聽見。

唐尼聳聳肩，「我們已經給過她選擇，是她自己不要的。」

「我知道。」我靠向前，對著他笑，小聲地說：「可是她有可能會覺得感激，說不定下次她會記得喔。」

我們開始推桌子。

——事實上是半抬半推，免得發出太多聲音，我們三人加上吠吠抬起來不算太吃力。等搬好後，瑪姬也許能輕鬆一小點，足夠讓她的手肘稍微彎曲，比她剛才那好長一段時間好多了。

「再見。」關上門時，我輕聲說。

她在黑暗中點點頭。

我覺得自己像是叛徒，無論對哪一方都是。

我夾在中間、兩面斡旋。

真是太棒了。

我以自己為傲。

我覺得自己聰明善良，興奮不已。我幫了她的忙，未來一定能得到好報——我知道有一天她一定會讓我摸她，絕對會的。也許別人不行——但只有我可以。

她會讓我摸的。

所以我低聲說：「再見了，瑪姬。」

彷彿她會感謝我似的。

我真是頭殼壞掉，實在是瘋了。

第三十章

早上，我們下去時蘿絲已經幫她鬆綁，並帶上換洗衣物，還有一杯熱茶及一些沒塗奶油的白吐司。我們到時，瑪姬正盤腿坐在空氣墊上吃東西。

穿上衣服、鬆綁束縛，布塞和眼罩都拿下來的瑪姬，已無太多神祕感可言。她看起來蒼白憔悴，疲倦痛苦。你很難再想起那個驕傲的瑪姬或她前一日所受的苦難。

瑪姬吞嚥得十分辛苦。

蘿絲則像個媽媽那樣站在她面前。

「把吐司吃掉。」她說。

瑪姬抬頭看她，低頭看看自己腿上的紙盤。

我們可以聽到樓上電視播放競賽節目，威利拖著腳步在地上走。

外頭在下雨。我們也聽得到雨聲。

瑪姬咬了口麵包皮，嚼了老半天，等細軟得像唾液才吞下去。

蘿絲嘆口氣，看瑪姬咀嚼食物，對她似乎是種天大的折磨。她雙手扠腰，兩腿分立，活像《超人》片頭裡的喬治．里維。

「繼續吃，再多吃點。」她說。

瑪姬搖搖頭，「太……我沒辦法，我的嘴巴太乾了，可以等一下……可以晚點再吃嗎？我先喝茶。」

「我可不打算浪費食物，瑪姬，食物是很貴的，那片吐司甚至是我幫妳烤的。」

「我……我知道，只是……」

「不然妳要我怎樣？把它丟掉嗎？」

「不是，妳能不能把吐司留下來？我待會兒再吃。」

「到時就會硬掉了，妳應該趁新鮮吃，否則會長蟲，會招惹蟑螂、螞蟻。我屋子裡不許有蟲。」好可笑。因為屋裡已經有好幾隻蒼蠅飛來飛去了。

「我很快就會吃的，蘿絲，我保證。」

蘿絲想了想，調整一下姿勢，將雙腿收攏，兩手交叉在胸前。

「瑪姬，親愛的。」她說，「我要妳現在就吃下去，這對妳有好處。」

「我知道，只是我現在很難吃下去，我先喝點茶好嗎？」

她將馬克杯貼到唇邊。

「這本來就不容易，沒人說很容易，」蘿絲大笑，「妳是個女人哪，瑪姬，那很困難，真的不容易。」

瑪姬抬頭看她，然後點點頭，慢慢地喝著。

唐尼、吠吠、威利和我穿著睡衣站在門口盯著看。

我肚子有點餓，但蘿絲或瑪姬都沒注意我們。

蘿絲注視瑪姬，瑪姬也注視著蘿絲，小心翼翼地小口啜飲，因為茶還在冒熱氣。外頭風雨飄搖，接著抽水機隆隆作響一會兒，又停住。瑪姬仍在喝茶，蘿絲只是這麼看著。

接著瑪姬低下頭，以享受的態度吸著茶水的暖香熱氣。

然後蘿絲就爆發了。

她大手一揮，打掉瑪姬手裡的馬克杯，杯子在洗白的煤渣磚牆上撞成碎片，尿褐色的茶水流下來。

「快吃！」

她用手指戳著吐司，吐司差點從紙盤上滑下來。

瑪姬抬起雙手。

「好！好！我吃！我馬上就吃，可以了嗎？」

蘿絲逼近她，兩人鼻子幾乎要碰上，就算瑪姬想吃也沒辦法——除非她把吐司弄到蘿絲臉上。

但那絕非明智之舉，因為蘿絲正在氣頭上。

「妳把老威利的牆給毀了，」她說，「去死，妳也把我的馬克杯摔碎了，妳以為馬克杯很便宜嗎？妳以為茶很便宜嗎？」

「妳他媽的最好給我吃下去。」

「對不起。」瑪姬將吐司撿起來，可是蘿絲仍持續逼近。「蘿絲，我吃——這樣可以嗎？」

「我要吃啊。」

「妳把威利的牆弄髒了。」

「對不起。」

「誰來清理？誰來清理那面牆？」

「我會清理，對不起，蘿絲，真的對不起。」

「操你媽，小姐，妳知道誰得去清嗎？」

瑪姬沒回答，她不知道該說什麼，蘿絲似乎越來越火，什麼都無法讓她息怒。

「妳知道嗎？」

「不……不知道。」

蘿絲挺身站起，放聲大吼。

「蘇珊！蘇珊！妳給我下來！」

瑪姬試著站起來，蘿絲又把她按回去。

這回吐司從盤子掉到地上。

瑪姬伸手去撿，抓住她正在吃的那一塊，可是蘿絲用鞋踩住麵包。

「算了！妳不想吃就不用勉強。」

她一把抓住紙盤，剩下的吐司全數翻倒。

「妳以為我就該幫妳煮飯嗎？妳這個賤人，妳這忘恩負義的東西！」

蘇珊蹣跚地拐著腳下樓，還沒看到人聲音先傳來。

「蘇珊，妳過來！」

「是，錢德勒太太。」

我們讓路給她，她走過吠吠身邊，吠吠彎身行禮，咯咯發笑。

「閉嘴啦。」唐尼說。

就一個小孩來說，蘇珊還維持著些許尊嚴，她打扮整齊，步伐莊重，表情嚴肅。

「到桌邊來。」蘿絲說。

蘇珊按她的話做。

「轉過身。」

她轉身面對桌子，蘿絲瞄了瑪姬一眼，解下自己的腰帶。

「我們就是這樣清理牆壁的，」她說，「把牆上的石板清乾淨。」

她轉頭對我們說。

「你們哪個男生過來，把她的衣服拉起來，脫掉內褲。」

這是一整個早上蘿絲對我們說的第一句話。

瑪姬又想站起來，蘿絲再次將她壓回去。

「我們來訂個規矩，」她說，「妳只要不聽話、頂嘴或找碴，只要違反任何一種，大小姐，就由蘇珊替妳頂罪、讓她挨打，妳在一邊看。我們先試試看這樣做，如果沒效果，再試別的。」

她轉頭對蘇珊說。「妳覺得公平嗎？蘇珊？姊姊不乖，由妳替她抵償？」

蘇珊靜靜流淚。

「不……不公平。」她怨道。

「當然不公平，我又沒說這公平。洛菲，你過來，幫我把這個女孩的小屁屁露出來，你們其他男生按住瑪姬，免得她又亂撒野，或是蠢到來惹我。」

「她要是找你們麻煩，直接揍下去就對了。小心點，別亂摸她，搞不好她長了陰蝨什麼的，天知道那個賤人來我們家之前去過哪些地方。」

「陰蝨？」吠吠說，「是真的蝨子嗎？」

「算了，」蘿絲說，「照我的話做就對了，你們有一輩子的時間慢慢認識妓女和陰蝨。」

情況就跟上次一樣，但是這回瑪姬在場，而且懲罰的理由十分可笑。

可是到這個時候我們已經習慣了。

吠吠將蘇珊的褲子拉到支架上，這次甚至不用誰來按，蘿絲就一口氣快速抽完二十下，蘇珊在老威利用來抵擋原子彈的防空室裡又哭又叫，小屁股火速轉紅——剛開始聽到妹妹的嚎哭和鞭打聲時，瑪姬還試著掙扎，可是威利抓住她的手臂、扭到背後，將她的臉按到氣墊上，她便只能拚命呼吸，無力營救妹妹。蘇珊淚流滿面，瑪姬也相去不遠。淚水沾溼骯髒的床墊。唐尼和我穿著皺巴巴的睡衣，只能旁觀。

打完後，蘿絲往後退，將腰帶繫回去，蘇珊艱難地彎身，支架喀嗒作響。她把褲子拉上來，將洋裝撫平。

威利鬆開瑪姬，走開了。

蘇珊轉向我們，瑪姬從床墊上抬起頭，姊妹倆四目相交，似乎領會了什麼，淚眼頓時平靜下來。然而，那是一股悲傷但奇異的平靜。

我覺得十分不安。也許她們並不比我們大家堅強多少。

我再次意識到事態變得比以前更嚴重。

接著，瑪姬的眼神飄到蘿絲身上，於是我明白自己為何不安。

瑪姬的眼神透著凶光。

蘿絲也看到了，她忍不住從瑪姬身邊退開一步，瞇著眼掃視房間，最後看到豎在房間角落的成堆鐵器——鶴嘴鋤、斧頭、鐵橇和鏟子。

蘿絲笑道：「瑪姬好像在生我們的氣呢，孩子們。」

瑪姬沒接話。

「哼，我們都知道她生氣也沒屁用，不過還是把那邊的東西拿走吧，免得她動什麼歪腦筋——說不定她真的會蠢到這麼做呢。把東西都搬走，離開時把門鎖上。

「對了，瑪姬，」她說，「妳的午餐和晚餐都甭吃了，祝妳有個美好的一天。」

蘿絲轉身離開房間。

我們看著她離開，蘿絲的步伐有些搖晃，彷彿喝了酒。但我知道她沒有。

「還要把她綁起來嗎？」吠吠問威利。

「你敢。」瑪姬說。

威利輕哼道：「少在那邊裝酷耍狠，瑪姬，妳知道我們隨時可以把妳綁起來，而且妳別忘了，蘇珊也在這裡。」

瑪姬憤憤地瞪著他，威利聳肩。

「也許待會兒吧，吠吠。」說罷，威利去拿斧頭和鏟子，吠吠拿起鶴嘴鋤和鐵橇跟在他後頭。

他們討論著將這些東西拿出防空室後該擺在哪兒。地下室有時會淹水，所以可能會生鏽。吠吠想把它們掛到天花板的支架，唐尼則建議用釘子掛到牆上，威利說算了，就放到鍋爐邊，隨便它們生鏽。最後唐尼贏了，大夥兒在烘衣機邊，在老威利的二戰軍用小提箱裡找槌子和釘子。那只提箱現在被拿來當成工具箱。

我看著瑪姬——我真的得鼓足勇氣才有辦法看她。我大概覺得她會恨我吧。我既害怕，又希望她能恨我，因為至少這樣一來我能確定自己到底站在哪一邊。我已經知道扮兩面人很吃力，可是我在她那裡看不到一絲恨意。瑪姬的眼神堅定冷靜，不帶一絲情緒。

「妳可以逃啊。」我輕聲說，「說不定我能幫妳。」

她笑了，但笑得淒苦。

「你希望從中得到什麼好處?大衛?」她問，「你心裡有數嗎?」

那一刻，她聽起來確實很像蘿絲口中的蕩婦。

「沒有，我什麼也不想要。」可是我被她說中了，不禁臉一紅。

「真的嗎?」

「真的，我什麼都不想要——我是說，我不知道妳可以去哪裡，但至少妳可以逃走。」

她點點頭，看著蘇珊，接著語氣一變，以非常理性成熟的語氣說：「我可以逃，但她沒辦法。」

蘇珊突然又哭起來。她望著瑪姬，一會兒後晃過來親吻妹妹的嘴唇、臉頰，接著又去吻她。

「我們會想到辦法的，」她說，「瑪姬？我們會想到辦法，好嗎？」

「好，」瑪姬說，「好。」

她看著我。

姊妹兩人擁抱完後，蘇珊朝我走來，站在門邊，她拉起我的手。

然後我們一起再將瑪姬鎖起來。

第三十一章

後來，我打消幫助她的念頭。我離她遠遠的。

在這種情況下我只能做到這樣了。

有些畫面揮之不去。

瑪姬在摩天輪上大笑；我們並肩躺在溪邊的巨石上；她頭戴大草帽，穿著短褲，拿著水管在花園裡工作，以及在操場上快速跑壘。然而最常出現的卻是瑪姬痛苦脆弱、裸身袒露的畫面。

另一方面，我又看到威利和唐尼把她當沙包打。

我看到那張因為無法吞嚥吐司而被壓在氣墊上的嘴。

那些畫面充滿矛盾，令我困惑不已。

我一邊猶豫該怎麼做，一邊藉口說這星期下雨，天氣太差，盡量迴避。

那個星期我見到唐尼兩次，其他人則連個影子都沒見著。

第一次看到唐尼時，我正在倒垃圾。穿著運動衫的唐尼把衣服拉到頭頂，衝進下午灰濛濛的細雨中。

「你猜怎麼著，」他說，「今晚沒水。」

沒水？都連下三天雨了。

「呃？」

「瑪姬啦，笨蛋，蘿絲今晚不讓她喝半滴水，得等到明天早上。」

「為什麼？」

他笑了笑，「說來話長，晚點再告訴你。」

說完唐尼便跑回屋中。

第二次見到他是幾天後。天氣放晴，我正要騎我的四段變速車去雜貨店幫媽媽買東西，這時唐尼騎著他那輛爛車，從車道繞到我後頭。

「你要去哪？」

「去雜貨店，我媽需要牛奶和一些有的沒的，你呢？」

「去艾迪家。待會兒在水塔那邊有比賽，英勇隊對公羊隊，要不要我們等你？」

「不用了。」我對小聯盟比賽沒興趣。

唐尼搖搖頭。

「我得出來透透氣，」他說，「那玩意兒快把我逼瘋了，你知道他們現在叫我幹什麼活兒嗎？」

「幹什麼活兒？」

「把她的糞盆拿到後院去倒。你敢相信嗎？」

「我不懂欸，為什麼？」

「現在她都不許上樓了，不能上廁所，什麼都不能做。所以那小賤人就拚命憋，可是她再厲害，偶爾也得拉屎拉尿吧，所以就換我倒楣啦！你敢相信嗎？可是為什麼吠吠不能做？」他聳聳肩，「媽說得由我們大男生去倒。」

「為什麼？」

「我哪知。」

他離開車道。

「喂，你確定不要我們等你嗎？」

「不用，我今天不去了。」

「好吧，再見，那沒事過來玩？」

「好，我會去的。」

不過我沒去。那時沒去。

感覺好遙遠。我甚至連瑪姬上廁所的樣子都無法想像，遑論她使用得由別人拿去後院倒的糞盆。萬一我過去的時候他們還沒清理呢？萬一我得在地下室聞她的屎尿味呢？好噁心，她令我作嘔，那不是瑪姬，一定是另外一個人。

那個新畫面困擾著我，問題是我無人可講，無人能為我解惑。

如果你告訴街區的小鬼，大家都會知道他們家地下室有狀況——有些人不太清楚，有的人則知之甚詳，可是沒有誰會對此事有任何意見。這件事就像一場暴風雨或日落，是某種自然狀態，是偶爾就會發生的事。討論夏日驟雨是毫無意義的。

我知道，身為男孩，有問題應該去跟自己的父親討論。

所以我就這麼做了。

現在我比較大，偶爾會花點時間到鷹巢幫忙進貨打掃之類的。我用磨石和蘇打水清理廚房的烤架，在烤架放涼時，拿磨石把蘇打水溶落的油脂推到旁邊溝槽裡——我一天到晚看到瑪姬幹這類苦工——最後我終於開口。

老爸正在做鮮蝦沙拉。他把麵包弄碎，放進沙拉裡，讓沙拉看起來更豐富。

酒抵達了，我可以從吧檯和廚房間的隔窗看到老爸的日班酒保胡迪，他正在清點訂購單上的箱數。胡迪和運貨工人為了幾箱伏特加起了口角，那是本店的招牌酒，運貨工人顯然是少送，讓胡迪很不開心。那個瘦巴巴的胡迪是喬治亞人，脾氣之火爆，甚至大戰期間一半都關在禁閉室裡。那個運送工人氣得臉紅脖子粗。

老爸興味盎然地看著好戲，除了胡迪外，沒人在乎少送兩箱酒，反正只要老爸沒白花錢就行。可是胡迪的火氣大概刺激到我了。

「爸，」我說，「你有沒有看過男生打女生？」

老爸聳聳肩。

「當然看過，」他說，「有吧，小孩子啦，喝醉酒的人啦，我看過幾次。怎樣？」

「你覺得那樣做……OK嗎？」

「OK？你是指那樣做對不對嗎？」

「嗯。」

他大笑說：「這很難回答。女人有時真的會讓人抓狂，一般來說，男生打女生是不對的。我的意思是，應該有比打人更好的辦法吧？而且女人真的比較脆弱，這樣不就是在欺負她們嗎？」

他拿圍裙擦手，笑了笑。

「問題在於，我必須說有時我也看過一些很欠揍的女人。在酒吧工作多少會看到那種事。有的女人喝多了酒就滿口髒話、大聲嚷嚷，甚至對同行的男人動手動腳，那你說他該怎麼辦？乖乖坐在那兒嗎？只好給她來一下囉。那種行為一定得立刻制止才行。

「不過例外不能算數。你絕對不能打女生，絕對不可以——千萬別讓我逮到你打女生，因為要是被我看見，你就完了。但有時候你也沒辦法，被逼急了嘛！懂嗎？這種事是互相的。」

我渾身冒汗，而且多半是因為老爸的這一席話，所幸我可以拿工作來當藉口。

老爸開始拌起鮪魚沙拉，裡面還混了麵包屑，還有醃菜。隔壁房的胡迪把送貨工人趕回貨車，動身去找短少的伏特加。

我試著釐清老爸的話：我們絕對不可以打女生，但有的時候可以。像是被逼急的時候。

那句話烙在我心頭。有時瑪姬是否就是把蘿絲給逼急了？她是否做了一些我沒看到的事？那到底算是「絕對不可以」還是「有時候可以」？

「你幹麼問這個？」老爸說。

「不知道，」我說，「有些朋友在討論。」

他點點頭，「最好的辦法就是別出手，不管是男是女，這樣才不會惹上麻煩。」

「知道了，老爸。」

我又在烤架上倒了些蘇打水，看著它冒泡。

「不過聽說艾迪的爸爸會打郭克太太，也會打黛妮絲和艾迪。」

老爸皺起眉頭，「是的，我知道。」

「你的意思是那是真的囉。」

「我沒說是真的。」

「但就是真的，對吧？」

他嘆口氣說：「聽好，我不知道你為什麼會突然對這種事感興趣，不過你應該夠大了，可以理解……就像我之前說過，有時候人被逼急了……男人覺得受到冒犯，就會做出……做出他知道自己不該做的事。」

爸說得對，我的確大到可以理解，也聽出其中的弦外之音。我很清楚，就像外頭的胡迪對運送工人的吼叫聲一樣。

老爸曾經為了某些原因打過母親。

我甚至隱約記起自己在沉睡中被吵醒，聽到家具碎裂、吼叫與巴掌的聲響。

那是很久以前的事了。

我忽然對爸爸生起氣。我看著他壯碩的身軀，想到母親，接著那份冷漠又逐漸占據我的心，那種孤立卻安全的感受。

也許我這些話應該去跟母親談，她應該懂那種感覺，知道其中意義。

可是我辦不到，就算她當時在場也沒辦法。我沒有試著去問。

我看著老爸拌完沙拉，又用白棉圍裙擦手。以前我們常開玩笑，說衛生署最恨這種圍裙。接著老爸用剛買來的那把令他引以為傲的電動切肉刀切臘腸，我則把廢油推進溝槽裡，直到烤架明亮如新。

結果什麼問題也沒解決。

不久我就回家去了。

第三十二章

吸引著我回去的是瑪姬令人魂牽夢縈的胴體。

它引發我的無限遐思，而且夜以繼日。有的溫和、有的狂暴——有些則十分可笑。

夜裡，我躺在床上，將電晶體收音機藏到枕下，聽著丹尼合唱團的《高峰上》。我閉著眼，看到瑪姬和一名隱形的舞伴跳著吉魯巴，她是少年收容所中唯一全身只穿白色捲短襪跳舞的女孩（其他衣服都沒穿）。她習慣裸露，彷彿剛剛買下國王的新衣。

又或者我們會面對面坐，一面玩大富翁。我走到精華地段，她會站起來嘆口氣，開始把薄薄的白棉內褲脫掉。

不過更常見的情境是收音機播著五黑寶合唱團的《黎明時光》等歌曲，瑪姬一絲不掛地躺在我懷裡，我們在深藍色的星光下親吻。

有時幻想會變成「突擊」——那就一點都不好玩了。

我覺得緊張不安。

我覺得好像得親自過去看看，又怕去了會看到什麼不該看的。連老媽都注意到了這件事。當我從餐桌跳起來打翻水，或晃到廚房拿可樂，常發現老媽滿臉狐疑地抿嘴看著我。

也許就是因為這樣我才不跟她提，也許只是因為她是我母親，是個女人。

我還是去了錢德勒家。

去的時候，整個情況又改變了。

我自己摸進門，一進去就聽到蘿絲在咳嗽，接著是低聲的交談，她大概是在跟瑪姬說話吧。蘿絲從來不會用那種語氣跟我們講話，感覺像老師在指導小女孩。我走下樓。

他們已經裝上工作燈，電線從洗衣機上的插頭一路拉到老威利橫梁上的鉤子。加了燈罩的燈泡懸盪在那兒，發出明亮的光芒。

蘿絲坐在摺疊椅上，這是他們放在地下室的舊牌桌附的椅子。她背對我，正在抽菸，地上到處都是菸蒂，看來已經待了一陣子。

男生都不在。

瑪姬穿了一件有褶邊的黃洋裝站在她面前。你很難想像她會穿這種衣服，我猜應該是蘿絲的，衣服很舊，而且看得出不是很乾淨，這件衣服有泡泡袖和整片打褶的裙子，因此瑪姬的臂膀和雙腿都毫無遮掩。

蘿絲穿了一件類似的藍綠色洋裝，但更素，沒有太多的荷葉邊和裝飾。除了菸味外，我還聞到樟腦丸的味道。

蘿絲不停在說話。

乍看之下，你會以為她們是姊妹。體重看來差不多，但蘿絲更高也更瘦。兩人的頭髮都有點出油，也穿著發臭的舊衣裳，彷彿正在為派對試衣。

但蘿絲只是坐在那兒抽菸。

瑪姬則貼著老威利做的四英寸見方的柱子，兩手緊緊綁在背後，連腳也被綁起來。

她嘴裡填了布塞，但眼睛沒蒙上。

蘿絲說：「我在妳這年紀時一心追求上帝，真的，我去了城裡每間教堂，浸信會、路德教會、英國國教、衛理公會，什麼都去——甚至到聖馬提斯參加連續九天的祈禱會，坐在放了風琴的樓廳裡。

「不過那是在我了解女人的真意是什麼之前。妳知道這是誰教我的嗎？我媽。

「當然啦，她並不知道她是在教我，她不像我這樣按自己的經驗來教妳。

「妳要曉得，我爸媽給了我一切——所有女孩想要的東西我以前都有。當然，上大學這件事除外，反正那個年頭女生都不上大學的。我爸拚命工作養家——願他安息。而我媽和我，我們什麼都有。可是威利並不是這樣對我的。」

她用菸屁股點燃新的一根菸，把殘菸扔到地上。蘿絲大概沒發現我就在她身後，要不就是她根本不在乎。瑪姬雖然表情詭異地望著我，當我走下老舊的樓梯，梯級照例嘎吱亂響，蘿絲也沒有轉過頭或停止談話，連點菸的時候都沒有，只是不停地在煙霧中絮絮叨叨。

「可是我爸和威利一樣愛喝酒。」她說，「我聽見他夜裡回來，直接殺到床上，騎馬一樣地壓到我母親身上。我聽見他們在樓上大小聲，我媽拚命說不要，偶爾還聽到打巴掌，就和威利一樣。因為我們女人會和媽媽一樣犯重複的錯，老是對男人低聲下氣。我也有那個缺點，才會跟著他留給我的一群兒子挨餓受苦。我沒辦法像戰爭期間那樣回去工作了。如今工作全給男人占走，可是我有孩子要養啊。

「噢，威利會寄支票來，但那哪裡夠用啊。妳知道，妳也看到了，妳的支票也沒什麼鳥用。

「妳明白我在跟妳說什麼嗎？妳被詛咒了——我指的可不是妳的月經。妳的詛咒比我的還惡毒，我能從妳身上聞出來啊瑪姬！妳會跟我媽和我一樣，跟到一個會打妳、幹妳、還逼妳喜歡、讓妳愛上他的愛爾蘭混蛋，然後有一天他就丟下一切，拍拍屁股走人。

「幹那檔事的問題就出在那兒，妳那又暖又溼的穴就是妳的詛咒，懂嗎？夏娃的詛咒，那就是妳的弱點，男人就是這樣制住我們的。

「我告訴妳吧，女人都是妓女，是動物，妳一定得了解這點，牢牢記住。女人會被利用、被玩弄、被懲罰。女人不過是個長了洞的愚蠢輸家，一輩子逃不過這宿命。

「我唯一能為妳做的就是現在這件事，我可以把它從妳身上燒掉。」

她點起一根火柴。

「看到沒？」

她把火柴丟到瑪姬的黃洋裝上，火柴才碰到就熄滅，飄著煙氣落在地上。蘿絲又劃亮一根。

「看到了嗎？」

這回她傾身向前扔，火柴碰到衣服時還在燃燒，然後掉到衣褶子裡，柱旁的瑪姬扭動著，試圖將火柴甩掉。

「像妳這麼年輕健壯的女孩，是不是覺得自己聞起來又鮮又香？可是對我來說，妳聞起來有股臭焦味，像個發燒的賤女人。妳被下了咒，又一身弱點，妳逃不了的，瑪姬。」

瑪姬的洋裝被火柴燒了個小黑點。她看著我，在塞布下發出聲音。

蘿絲扔掉香菸，扭動腳把菸踩熄。

她離開椅子，彎下腰，點燃一根火柴。房中似乎突然飄起濃濃的硫磺味。

她把火柴伸到衣襬下。

「看到沒？」她說，「妳會很感激我的。」

柱旁的瑪姬拚命掙扎。衣襬燒焦了，但還沒著火。

火柴漸漸熄滅，蘿絲將它甩了甩，扔到地上。

然後又點一根。

她再次放到裙襬下剛才燒焦的地方，就像電影裡那些做實驗的瘋狂科學家。

燒焦的洋裝聞起來有燙衣服的味道。

瑪姬奮力掙扎，蘿絲拉過她的衣服，把火柴湊上去，等衣服著火後才讓它落下。

我看著細緻的火苗開始竄爬、擴散。

一如吠吠在焚化爐裡燒玩具兵，可是這回是真人活體。瑪姬悶悶的尖叫聲令一切變得真實。

火燒到她大腿中間。

我正要過去把火撲熄，蘿絲卻伸出手，把之前放在旁邊地板的可樂拿起來往瑪姬的衣服澆。

她看著我，哈哈大笑。

瑪姬鬆了口氣，全身癱軟下來。

我的表情大概十分驚恐吧，因為蘿絲笑個不停，然後我才發現，她一定知道我就在她身後，可是她不在乎，我是否偷聽根本沒差，她一心只想給瑪姬一點教訓。蘿絲露出前所未見的眼神。

後來我也曾見過。

而且是常常。

我的第一任妻子在二度精神崩潰後，「安養院」裡的某些病友便常露出這種眼神。他們說，其中一個人用修剪花草的剪子宰了他的老婆和寶寶。

那是一種冷漠、空洞、毫無笑容的神情；一種不帶悲憫、沒有同情的凶惡姿態，彷彿獵食動物的目光。

蛇一般的眼神。

蘿絲就是那樣。

「你覺得怎麼樣？」她說，「你想她會乖乖聽話嗎？」

「我不知道。」我說。

「你要玩牌嗎？」

「玩牌？」

「變色龍或什麼的。」

「好啊。」我心想：玩什麼都行；隨便妳要玩什麼都好。

「就玩到那幾個男生回來吧。」她說。

我們上樓玩牌，兩人交談加起來不到十個字。

我喝了很多可樂，她則抽了很多菸。

她贏了。

第三十三章

結果唐尼、威利和吠吠跑去看《變身怪獸》的下午場了。如果是平時，我一定會氣死，因為幾個月前我們才一起連著看了《少年狼人》和《少年科學怪人》，這部算是續集，裡面的怪物都一樣。他們應該等我或至少提醒我一下吧。但他們說這集沒有前兩部好看，而且，反正我滿腦子還在想地下室的事。他們回來時，蘿絲和我正在玩幾把，大家談論著瑪姬。

「她好臭，」吠吠說，「她髒死了，我們應該幫她洗一洗。」

我沒聞到任何臭味啊。

只有樟腦味、菸味和硫磺味。

而且吠吠有什麼資格說她？

「好主意，」唐尼表示，「都好一陣子了，她一定會喜歡。」

「誰在乎她喜歡什麼。」威利說。

蘿絲只是豎著耳朵聽。

「我們得讓她上樓，」唐尼說，「不過她會想逃走。」

「最好是啦，她能去哪兒？」吠吠說，「她能逃去哪？反正我們可以把她綁起來。」

「應該可以吧。」

「還可以把蘇珊抓起來。」

「嗯。」

「蘇珊呢？」

「在她房裡。」蘿絲說，「我覺得她在躲我。」

「不會吧，」唐尼說，「她一天到晚都在看書。」

「她在躲我，我覺得她在躲我。」

我還是覺得蘿絲的眼神明亮得很詭異，其他人大概也這麼覺得吧。然而沒人敢反駁她。

「怎麼樣？媽？」吠吠說，「可以嗎？」

我們的牌打完了，但蘿絲還坐在那邊洗牌，接著她點點頭。

「我想洗個澡應該可以吧。」她淡淡地說。

「我們得把她的衣服脫掉。」威利說。

「我來脫，你們沒忘吧。」蘿絲說，

「沒忘，」吠吠說，「我們記得：不准碰她。」

件事。

「沒錯。」

我看看威利和唐尼。威利一臉不爽，手插口袋，兩腳移來移去，垮著肩膀。

白痴，我心想。

唐尼則一副若有所思的模樣，像個大人，好像正考慮怎麼才能用最好、最有效率的方式做好這件事。

吠吠開心笑道：「好，我們去抓她！」

我們一群人浩浩蕩蕩下樓，蘿絲慢慢跟在後面。

唐尼將瑪姬鬆綁。先是腿，然後是手。幫瑪姬稍微按摩手腕後，他再將雙手放到她前方。唐尼把布塞拿掉，放進自己的口袋。

沒人提到她衣服上的燒痕或可樂的漬斑。雖然那是你一定會先看到的兩樣東西。

瑪姬舔著嘴脣。

「有東西喝嗎？」她問。

「等一下，」唐尼說，「我們要去樓上。」

「是嗎？」

「嗯。」

她沒問為什麼。

唐尼拉著繩子，領她上樓，吠吠走在前面，威利和我直接跟在後頭，蘿絲再次落在最後。

我全心注意著後面的蘿絲，她有點不太對勁——這點我很確定。她似乎很累、冷漠，心思飄忽不定。她走在樓梯上的步伐似乎比我還輕，也比平時輕，幾不可聞——雖然她腳步緩慢而蹣跚，好像重了二十磅。那個時候我對心理疾病知之甚少，但我知道自己看到的畫面並不正常。蘿絲令人擔心。

到樓上後，唐尼讓瑪姬坐到餐桌邊，從廚房水槽幫她倒了杯水。

我先注意到水槽：裡面堆滿超過一天的髒碗盤，大概有兩、三天的份吧。就這麼堆在那裡。

接著我也注意到其他事，稍稍看了一下周圍。

我不是那種會挑剔灰塵的小孩——到底有誰會？可是我發現這裡好多灰塵，髒得要命，尤其是後面客廳的茶几上，竟能看到一條條劃過的手印。瑪姬前面桌上有吐司屑，旁邊的菸灰缸彷彿幾十年沒清，我看到兩根火柴躺在走廊的小地毯上，旁邊則是隨手丟棄、揉成一團的香菸盒。

我覺得好怪，似乎有什麼事物正逐漸走樣，緩緩潰散。

瑪姬喝完水後又要了一杯。求求你們，她說。

「別擔心，」威利說，「妳會拿到水的。」

瑪姬一臉困惑。

「我們會幫妳洗。」他說。

「什麼？」

「大家覺得讓妳沖個澡也不錯。」蘿絲說，「妳想洗澡，不是嗎？」

瑪姬猶豫不決。原因很簡單，因為威利不是那麼說的。威利說的是：我們會幫妳洗。

「嗯——是。」她說。

「他們很體貼，」蘿絲說，「很高興妳喜歡。」

她好像在自言自語，猶如在說夢話。

唐尼和我互換眼色，他也很擔心蘿絲。

「我想喝啤酒。」蘿絲說。

她站起來走到廚房。

「有人要陪我喝嗎？」

好像沒人想，這件事也很不尋常。蘿絲看著冰箱，找了一下，又把冰箱關上。

「沒有啤酒了，」她拖著腳步回到客廳，「為什麼都沒人去買啤酒？」

「媽，」唐尼說，「我們不能買，我們是小孩子，人家不賣啤酒給我們。」

蘿絲咯咯笑道：「也是。」

接著她又轉回來。「那我改喝威士忌好了。」

她從櫥櫃裡搜出一瓶酒，走回餐廳，拿起瑪姬的水杯，幫自己倒了兩英寸左右的酒。

「我們到底要不要洗？」威利問。

蘿絲喝完酒，說道：「當然要啊。」

瑪姬來回注視我們，「我不懂，」她說，「現在要做什麼？我以為我……我以為你們要讓我沖澡。」

「我們是啊。」唐尼說。

「不過我們得在旁邊監督。」蘿絲說。

她又喝了口酒，酒精似乎突然在她眼睛後頭熊熊燃燒。

「我們一定要把妳洗乾淨。」她說。

這時瑪姬倏地明白蘿絲的意思了。

「我不想洗了。」她說。

「誰管妳想不想。」威利說，「重要的是我們想。」

「妳臭死了，」吠吠說，「妳得沖澡。」

「我們已經決定了。」唐尼說。

瑪姬看著蘿絲，而蘿絲像隻疲倦的獵鳥，躬背護著自己的酒，一面瞪著她。

「你們為什麼就不能……給我……一點隱私？」

蘿絲仰頭大笑，「妳整天待在下面應該已經受夠隱私了吧。」

「我不是那個意思，我是……」

「我懂妳的意思，但我的答案是：我們沒辦法信任妳，怎麼樣都沒辦法。妳大概只會進去裡面隨便在身上灑點水，那樣是洗不乾淨的。」

蘿絲聳聳肩，「那妳就去洗啊，而且妳也不用拿死來證明，對吧？」

「不會，我不會，我發誓絕對不會。我死也不會敷衍。」

「求求妳。」

蘿絲示意要她開始動作。「現在就把衣服脫了，免得待會兒把我惹毛。」

瑪姬一個個輪流看著我們，我想她大概意識到在眾目睽睽下洗澡也比沒得洗好。於是她嘆口氣。「我的手。」

「噢。」蘿絲說，「把她的拉鍊拉開，唐尼，鬆開她的手，再綁起來。」

「我來？」

「對。」

我也有點訝異。我猜蘿絲決定放寬「不准摸她」的規定。

瑪姬和唐尼雙雙站起身，洋裝的拉鍊褪到背部一半，唐尼解開瑪姬的手，然後又繞到她後方，把衣服從肩上拉下來。

「至少給我一條毛巾好嗎？」

蘿絲笑了。「妳都還沒弄溼呢。」她說，然後對唐尼點點頭。

瑪姬閉上眼睛，僵硬的站得直挺挺，唐尼拉住褶邊短袖，順著她的臂膀往下脫，露出她的酥胸，然後是臀部和大腿，接著衣服便躺在她腳邊了。瑪姬從衣服中跨出來，眼睛依然緊閉，彷彿只要不看我們，我們就看不見她。

「再把她綁上。」蘿絲說。

我發現我已停止呼吸。

唐尼走到她前面，瑪姬雙手併攏伸過去，唐尼開始綑綁。

「不對，」蘿絲說，「把她的手綁到背後。」

瑪姬立即張開眼睛。

「綁到背後！那樣我怎麼洗……？」

蘿絲站起來，「媽的！妳少對我大小聲！我說綁在背後就綁在背後，就算我說塞進妳屁眼，妳也得給老娘照辦！休想頂嘴！聽見沒？真他媽的！操妳的！

「老娘來幫妳洗——就這麼回事。照我的話做，快！」

瑪姬很害怕，唐尼把她的手拉到背後、綁住手腕時，她並沒有反抗。她又閉上眼睛，只是這次眼睛四周都溼了。

「好，把她押進去。」蘿絲說。

唐尼帶著她穿越窄小的走廊到浴室，我們一群人跟著。浴室很小，不過我們全擠進去了。吠吠坐在髒衣桶上，威利靠著水槽，我站在他旁邊。

浴室對面走廊有座櫥櫃，蘿絲正在裡頭翻找，她找出一雙黃色塑膠手套。

然後把長及手肘的手套戴上去。

蘿絲彎身扭開浴缸裡的水龍頭。那標著「H」——熱水的水龍頭。

她只扭開那個水龍頭。

蘿絲讓水流了一陣子。

她用手試探，讓水流過塑膠手套。

她的嘴巴緊緊抿成一條線。

水量很大，冒著蒸氣的熱水嘩嘩灑在排水孔上。蘿絲把水龍頭切換到淋浴功能，然後一把拉上透明的塑膠浴簾。

熱氣蒸騰。

瑪姬依然閉著眼，淚水從她臉上垂落。

所有人都籠罩在濃濃的蒸氣中。

瑪姬突然領悟那代表什麼意思。

她張開眼，害怕地往後退，一邊放聲尖叫，可是唐尼已經抓住她一隻手臂，蘿絲抓住另一隻。

瑪姬扭著身體往後，抽動掙扎，嘴裡尖聲喊著「不要，不要」。她很強壯，還是很有力。

蘿絲的手被掙脫了。

「去你媽的！」她怒罵道，「妳要我去抓妳妹妹嗎？妳要我去抓妳的寶貝蘇珊嗎？妳要她代替妳挨燙嗎？」

瑪姬用力回過身，變得暴怒而瘋狂。

「好啊！」她尖聲大吼，「去啊！妳這賤貨！去抓蘇珊呀！去呀！我再也不在乎了！」

蘿絲看著她，瞇起眼睛，然後看看威利，聳聳肩。

「去抓她。」蘿絲輕聲說。

其實也不勞他費事。

威利從我身邊經過時，我跟著轉身，接著便看到威利停下來，因為蘇珊已經站在走廊上看著我們了。她也在哭。

瑪姬也看到她了。

她頓時崩潰了。

「不……」她哭道，「不要呀，求求你們……」

大夥兒無聲地站在煙霧之中，聽燙熱的水聲和瑪姬的哀哭，我們都知道接下來會發生什麼事，知道事情會變成怎樣。

蘿絲將浴簾一拉。

「把她押進去。」她對唐尼說，「你自己小心點。」

我看著他們把瑪姬押進去，蘿絲調整蓮蓬頭，讓燙水慢慢沿瑪姬的小腿、大腿、腹部淋下，最後淋到她胸口，落在她乳頭上。雙手被按在背後的瑪姬奮力想掙脫，水淋到之處立即一片紅腫，那是痛苦的顏色——最後我終於受不了她的尖叫。

我倉皇逃逸。

第五部

第三十四章

可是我只逃過一次。

後來就沒再逃了。

那天之後，我就像個毒蟲，吸食一種叫「知道」的毒品。知道有什麼可能，知道事情會進展到什麼程度，知道他們敢壞事做絕。

向來都是他們，我只是局外人，或自覺如此。瑪姬和蘇珊兩人是一國，錢德勒家是另一國，我並未直接參與任何事，只有旁觀，從不動手，就這樣而已。只要我維持中間立場，就算自己不全然無辜，也不全然有罪。

就像看電影一樣，有時是恐怖片。當然了——你會擔心男女主角能否渡過難關，但也就只是一部電影罷了。萬一內容太可怕、太刺激，你也可以站起來走出黑暗，將一切拋到腦後。

有時，這部電影會變得頗像六〇年代末期的片子——大部分像外國片——讓人覺得置身於某種迷人而有催眠作用的朦朧幻影中，畫面飽含層層疊疊的意涵，最後卻又了無意義。演員則個個頂了張撲克臉，面無表情，被動地飄過一個個噩夢般的場景。

就像我一樣。

我們當然會在腦海裡編導電影的內容，同時也在一旁觀賞，所以最後難免會添加其他人物進來。於是艾迪．郭克無可避免便成為我們的第一位試鏡者。

那是七月末一個明亮晴朗的早晨，瑪姬已經被囚禁三個星期了，我去錢德勒家時發現艾迪也在。淋浴事件後幾天，他們讓瑪姬穿著衣服——因為長了很多水泡，得讓水泡癒合。他們待她還不錯，餵她喝湯吃三明治，要水時就給她喝。蘿絲甚至在氣墊床上鋪了床單，把地上的菸蒂掃掉。威利抱怨牙疼的時間大概不會比哀嘆日子變得太無聊的時間多。

可是艾迪一來，情況就變了。

我到時，瑪姬還穿著衣服——一條褪色的牛仔褲外加上衣——可是他們又把她綁住，塞上布塞，讓她腹部貼住工作桌，兩手分別綁在桌腳上，兩腳則一起綁住，垂在地板。

艾迪脫下一隻布鞋抽她屁股。

接著他休息一會兒，換威利拿皮帶鞭她的背部、腳和屁股。他們下手毫不留情，尤其是艾迪。

吠吠和唐尼站在一邊看。

我也看著，但只看了一會兒。

我不喜歡艾迪在這。

他太起勁了。

我不斷想起那天，他用牙咬住黑蛇獰笑著從街上朝我們走來，他不斷對我們丟蛇，直到蛇死在街上。

這傢伙連青蛙的頭都能咬下來。

這傢伙是那種會瞪著你，拿石頭敲你頭，或拿棍子搗你蛋蛋的人。

艾迪很熱中這種事。

那天天氣很熱，他身上淌著汗，橘紅色的頭髮汗蒸氣直冒，汗水沿額頭滴落。他跟平時一樣脫掉襯衫，秀出一身健美的體格，身上全是汗味。

他聞起來一股鹹酸，就像餿掉的肉。

我沒留下來。

我上樓去了。

蘇珊正在廚房桌上玩拼圖，旁邊放了半杯牛奶。

電視竟然沒開，你可以聽見樓下傳來的拍打聲及笑聲。

我問蘿絲在哪裡。

蘇珊說，蘿絲又犯頭痛，躺在臥室。她最近經常頭痛。

所以我們坐在那兒，啥都沒說。我從冰箱拿了瓶啤酒，蘇珊的拼圖拼得不賴，已經完成超過一半了。那是喬治．克雷伯．賓漢的畫作，《沿河而下的皮毛商》，上面是一位戴著可笑尖帽的嚴肅老翁，以及一個面容如夢似幻的少年，他們在夕陽下划著獨木舟行往下游，船首還繫了一隻黑貓。蘇珊已經把畫的四周、貓、獨木舟，以及大半老人和少年都拼出來，現在只剩下天空、河流及一部分樹林還沒拼成。

我看著她把一片圖嵌到河上，一邊啜飲著啤酒。

「妳還好嗎？」我問。

她沒抬眼，「很好。」

我聽到防空室傳來笑聲。

她又試了另一片拼圖，但是不合。

「妳會覺得煩嗎？」我指的是樓下的聲音。

「會。」她說，但語氣聽起來不像，反正現實生活就是如此。

「很煩嗎？」

樹林。

「嗯——」

我點點頭，之後就沒什麼好說了。我看著她，喝著啤酒。不久，蘇珊便把少年拼好，開始拼

「我沒辦法阻止他們，妳知道吧？」我說。

「知道。」

「艾迪在那裡，這是原因之一。」

「我知道。」

我喝完啤酒。

「如果可以的話，我會阻止的。」我有點言不由衷，蘇珊也不太相信。

「是嗎？」她說。

這是她第一次抬頭看我，眼神非常成熟而深慮，跟她姊姊好像啊。

「我當然會。」

她皺皺眉，又回去拼圖了。

「也許他們會玩膩。」我一說，便知道自己的話有多遜。蘇珊沒回答。

不過一會兒後，聲音確實停止了，我聽到上樓的腳步聲。

上來的是艾迪和威利，兩人滿臉通紅，襯衫大開，威利的圓肚腩又白又肥，醜死了。他們沒理

我們，逕自走向冰箱。我看著他們開了瓶可樂給威利，一瓶啤酒給艾迪，然後翻來翻去找東西吃。裡面大概沒什麼吧，因為他們又把冰箱關上了。

「你一定得教訓她，」艾迪說，「她不太哭，硬骨得很。」

我的態度非常抽離，艾迪卻截然相反，他的聲音冷酷如冰。說實在，又胖又醜的人是威利，但令我作嘔的卻是艾迪。

威利放聲大笑，「那是因為她哭到沒得哭了，」他說，「你應該看看那天她洗完澡的樣子。」

「真的。你想我們該不該幫唐尼和吠吠帶點東西下去？」

「他們又沒說要什麼，想要的話，他們自己會來拿。」

「真希望你們家有吃的，老兄。」艾迪說。

說完，兩人往樓下走，依然不理會我們。我無所謂，只是看著他們消失在樓梯間。

「所以你打算怎麼做？」艾迪問，聲音像一縷毒煙那樣向我飄來，「殺死她嗎？」

我僵住了。

「不是。」威利說。

接著他說了些別的，但踏在樓梯上的腳步聲把話語蓋過去了。

殺死她？這幾個字沿著我背脊往下滑，按我媽媽的說法是，有人從我墳上走過去。

我心想，別管艾迪，別去管他。

坦白說，我一直在揣測這件事會如何發展，會有什麼結果，就像解數學題似地暗自猜想。

孰料最後竟然是兩個小鬼，各拿著可樂和啤酒，一起討論著最可怕的結果。

我想到躺在臥室裡犯頭疼的蘿絲。

想到只有他們跟瑪姬在樓下——而且還和艾迪在一起。

那是有可能的，真的。

而且非常可能擦槍走火，很快就會發生。

當時我沒細想，為什麼我認為蘿絲會監控他們。但反正我就是那麼想。

她畢竟是大人，不是嗎？

大人不會讓那種事情發生的，對吧？

我看著蘇珊，卻看不出她是否聽見艾迪的話，她還在拼圖。

我顫抖著手，不敢多聽，又不敢不聽，只能陪蘇珊一起拼圖。

第三十五章

那次之後，艾迪每天都去錢德勒家報到，持續約一星期。第二天，連她老姊黛妮絲都去了。他們一起硬餵瑪姬吃餅乾，她不太有辦法吃，因為嘴巴又被塞住了一整晚，而且不讓她喝水。艾迪一火大，便用鋁製的窗簾架敲她嘴，架子打歪了不說，還在她臉上留下一大道傷痕，下唇也給割傷了。

接下來一整天，他們又把她當沙包打。

蘿絲幾乎不在下頭，她的頭痛越來越頻繁。她抱怨皮膚發癢，尤其是臉和手。我覺得她好像變瘦了，嘴上長了一些水泡，數天不退。即使電視開著，還是一直聽到她在樓上咳嗽，好像連肺都要咳出來。

蘿絲不在，禁止觸摸瑪姬的禁令也就不存在了。

黛妮絲是始作俑者，她喜歡掐人，就她這年紀的女生來說，手指勁道夠狠了。她會掐起瑪姬的肉，然後用力一扭，命令她哭。瑪姬大多不肯哭，黛妮絲就更往死裡擰。她最愛掐的地方就是瑪姬的胸部——這很明顯，因為她都留在最後下手。

那時，瑪姬通常就會哭了。

威利喜歡把她趴放到桌上，扒下她的褲子揍她屁股。

吠吠專愛用昆蟲。他會把蜘蛛或千足蟲放到她肚皮上，看著她扭動。

令我訝異的人是唐尼，每次他都在以為沒人注意的時候用手去摸瑪姬的胸部，或輕輕揉捏，或探觸她兩腿之間的私處。我看過他弄好幾次了，但我從沒揭穿。

唐尼動作極為輕柔，就像情人一樣。有一次布塞拿掉時我甚至看到他吻她。那是個很奇怪的吻，但還滿溫柔的，而且客氣得詭異，因為其實他想對她做什麼都行。

後來有一天，艾迪笑呵呵地帶了一杯狗屎來，他們把她按到桌上，吠吠掐住她的鼻孔，直到她不得不張開嘴呼吸，然後艾迪把狗屎塞進她嘴裡，以後就再沒有人吻她了。

那週星期五，我整個下午都在院子裡工作，直到四點左右。等我去錢德勒家時，聽見收音機在後門樓梯口震天價響，因此走下樓，結果看到人數又變多了。

話已經傳開。

現在不但艾迪和黛妮絲在那兒，連哈利·葛雷、勞和東尼·莫里諾、葛蘭·納特，甚至肯尼·

羅伯森都來了——包括瑪姬和我在內，有一打人擠在小小的防空室裡，蘿絲站在門口笑吟吟地看他們把瑪姬推來擠去，跟人肉彈珠一樣在他們之間來回彈跳。

她的手綁在背後。

地上到處是啤酒和可樂罐子，濃濃的香菸如雲霧般瀰漫房裡，收音機突然放到傑利・李・路易斯的老歌《屏息的心》，每個人都大聲笑、跟著唱。

最後瑪姬倒在地上，渾身瘀傷地哭泣，我們一夥人才上樓吃點心。

電影一直沒有散場。

之後一個星期，大夥兒來來去去，通常他們什麼都不會做，只是觀看，可是我記得葛蘭・納特和哈利・葛雷有天趁蘿絲不在，把瑪姬擺弄成他們所謂的「三明治」。瑪姬吊在天花板橫梁的釘繩上，兩人在她前後磨蹭；我記得東尼・莫里諾帶了半打花園裡的鼻涕蟲來，讓牠們放到瑪姬身上。

可是除非真痛，瑪姬通常不再作聲了。經過狗屎事件後，你很難再羞辱她，再也沒什麼能令她害怕了。她似乎認命了，好像她只能等待，等著我們最後玩膩了，事情就會過去了。她絕少反抗，即便有，我們只消叫蘇珊進來就成了。然而大部分時候都用不到那招，瑪姬現在完全認命地穿脫衣服。我們只有在確定蘿絲不在或由蘿絲親自下令時，才會叫她脫衣服，但那種時候並不多。

大多數時候，我們只是圍坐在工作檯邊打牌或玩紙上遊戲「妙探尋凶」，喝可樂或看雜誌，打打屁，彷彿瑪姬根本不存在，但我們偶爾會說幾句話嘲笑她或羞辱她。虐待是常有的事，瑪姬的存在就像戰利品般吸引我們——她是我們俱樂部的焦點。我們大部分時間都在地下室廝混，時值盛暑，我們卻因為老是坐在地窖裡個個面色白皙。瑪姬只是或坐或站默默被綁在那裡，我們多半不會要求她什麼。如果某人想到可以利用她的新點子，大家才會試一試。

基本上，瑪姬也許猜對了。也許有一天我們玩膩就不會再來了。蘿絲只顧著自己和身上的各種病痛——她無力分神，陌生而疏離。沒有她在一旁搧風點火，我們對瑪姬的注意力就越來越散漫無趣了。

而且我發現，時序已近八月中，到了九月，我們就要開學了。威利、唐尼和我必須離開，到今夏剛蓋好的新中學——霍利山中學——上第一學期，瑪姬則要開始上高中。事情到時非結束不可，理由很簡單：把一個人囚禁整個暑假，未必會有人注意，但不讓孩子上學就又是另一碼事了。

因此在九月前，遊戲橫豎得畫上句點。

我想，瑪姬猜得對，也許她需要的只是等待而已。

可是我又想到艾迪說的話，忍不住擔心瑪姬想得太美了。

俱樂部的聚會因艾迪而結束。

因為他又把賭注提高了。

出了兩件事。第一件發生在陰雨霏霏的爛日子裡，就是那種一大早天就灰灰，到天黑之前都還維持蘑菇奶油湯色的日子。

艾迪從他老爸那兒偷了半打啤酒來，他、黛妮絲，還有東尼．莫里諾灌得超猛，威利、吠吠、唐尼和我則慢慢喝我們的份。不久他們三人便醉了，半打酒也幹光了。威利上樓取酒，就在這時，艾迪想尿尿，結果他想到一個點子，便低聲輪番告訴大夥兒。

威利回來後，他和東尼．莫里諾把瑪姬抬到地上仰躺，並把她的手緊緊綁在桌腳上。黛妮絲抓住瑪姬的腳，他們在她頭下鋪了一些報紙。

接著艾迪在她臉上撒尿。

若不是瑪姬被綁在桌上，我想她一定會宰掉艾迪。

大夥兒縱聲大笑，看瑪姬苦苦掙扎，最後癱軟回去，躺在那裡。

接著唐尼想到蘿絲大概會不高興，最好把東西清一清，便要瑪姬站起來，把她的手綁到背後扶住她。吠吠收拾報紙，帶到外頭焚化爐。唐尼在排放洗衣機用水的大水泥槽裡注水，在裡頭倒了一堆洗衣粉。接著他走回來，合力和東尼、威利一起把瑪姬從防空室拉到地下室的水槽上方。

他們高聲笑著把瑪姬的頭按進肥皂水裡，不讓她上來，威利還一邊幫她搓頭髮。一會兒後，瑪姬開始掙扎，等他們終於讓她抬起頭時，她拚命大口吸氣。

不過這下她洗乾淨了。

接著艾迪又有鬼點子。

我們得幫她沖洗，他說。

他把水漏光，放出燙熱的淨水，跟之前蘿絲淋浴時的手法一樣。

接著他獨力把瑪姬按進水裡。

等艾迪讓她再次浮上水面，瑪姬的臉已經紅得像龍蝦了。她放聲尖叫，艾迪的手也是紅通通的，讓人懷疑他怎能撐得住。

可是瑪姬也沖得一乾二淨了。蘿絲應該會很高興吧？

蘿絲氣炸了。

第二天一整天，蘿絲拚命冷敷瑪姬的眼睛，她的視力搞不好會受損，眼睛腫到幾乎打不開，而且還一直滲出大量比淚水還濃稠的體液。她的臉上斑斑點點，看起來可怖極了，好像被毒藤刺到。可是大家最擔心的還是她的眼睛。

我們讓她躺在氣墊床上，餵她吃東西。

艾迪放聰明了，都不敢過來。

第二天瑪姬好些了，接下來一天再好一點。

到了第三天，艾迪又回來了。

那天我不在場——老爸要我去鷹巢——但我很快就聽到消息。好像是蘿絲在樓上休息吧，因為又鬧頭痛，大家知道她睡著了。吠吠、唐尼和威利在玩瘋狂八的牌戲，這時艾迪和黛妮絲走進來。

艾迪想把瑪姬的衣服脫掉，說只是想瞧一瞧，大夥兒也都同意。艾迪非常沉默而平靜地喝著可樂。

他們將她剝光，塞上布塞，頭朝上地綁在工作檯上，只是這回他們把她的腳也分別綁在桌腳上。這是艾迪的主意，他想把她攤開。他們把瑪姬丟在臺子上，自顧自地繼續玩牌，然後艾迪喝完了可樂。

他竟企圖把可樂瓶塞進她裡面。

艾迪的做法大概讓他們目瞪口呆，因此沒人聽見蘿絲走下樓，站在他們後面。當蘿絲走進門，艾迪已經把可樂瓶嘴塞進她身體裡了，大夥兒全擠上去看。

蘿絲瞄了一眼，開始尖聲怒罵，不許任何人碰她，誰都不准，她說瑪姬很髒，渾身都是病，艾迪和黛妮絲匆匆逃走，丟下蘿絲對吠吠、威利和唐尼怒斥。

之後的事，我是從唐尼那裡聽來的。

唐尼說他好害怕。

因為蘿絲真的變得很不正常。

她大發雷霆地在屋裡四處撕東西，胡言亂語，說她都沒機會出去，沒辦法出去看電影、吃飯、跳舞或參加派對，只能一整天坐在家裡，張羅這些臭小鬼的事，清洗、燙衣服、做午飯、弄早餐，說她在家裡越變越老，老啦，她的青春不再，身材全走樣了——而且她邊說邊捶著牆壁、窗上的鐵窗和工作檯，還把艾迪的可樂瓶往牆上砸碎。

接著她對瑪姬說「還有妳！妳！」之類的話，然後生氣地看著她，好像蘿絲身材走樣、再也不能出門都是瑪姬害的。她罵瑪姬是妓女、蕩婦，沒有鳥用的垃圾——然後往後一退，用力踹她，踢了兩次，踢她兩腿之間。

現在瑪姬那裡都瘀血了，嚴重瘀傷。

唐尼說，幸好當時蘿絲穿的是拖鞋。

我可以想像。

那晚我做了夢。就是唐尼告訴我之後的那個晚上。

我在家看電視，拳王休葛．瑞．羅賓森正在跟某個記不得長相、沒啥名氣的醜大個兒對打。我坐在沙發上看，老爸鼾聲大作地睡在我身邊。除了電視的亮光外，房裡是暗的，我覺得好累，非常累——接著景象一轉，我置身拳擊賽場中，四周歡聲雷動，休葛．瑞使出絕招猛力攻擊對方，他像坦克車似地穩穩站在那裡揮拳，教人看得熱血沸騰。

於是我大聲為他歡呼，並四處張望尋找老爸，看他是不是也在歡呼，可是他睡死在旁邊的椅子上，就像睡在沙發上一樣，而且還慢慢滑到地板上。「醒醒啊。」媽媽用手肘推他說，我猜她一直都在吧，只是我沒注意到。「醒來呀。」她說。

可是爸爸還是沒醒。我回頭看著拳擊場，裡面的人不是休葛．瑞，而是瑪姬。她跟我第一次在溪邊看到時一樣，穿著短褲和淡色的無袖上衣，紅如火焰的馬尾隨著揮拳在身後來回擺動。瑪姬擊打對方，我站起來高聲叫好。

「瑪姬！瑪姬！瑪姬！」

我哭著醒來，枕頭被淚水濡溼。

我惶惑極了，我幹麼哭？我又沒有任何感覺。

我走到爸媽房間。

他們分床睡已有好幾年了。老爸跟夢裡一樣打著呼，媽則靜靜地睡在他旁邊。

我走到媽媽床邊，站在那兒望著她。她是位黑髮秀麗的嬌小婦女，我覺得她睡著時比平時更年輕。

房中瀰漫濃濃睡意以及霉濁的吐息。

我想叫醒她，想告訴她一切。

她是我唯一能夠傾訴的對象。

「媽？」我喚道，然而聲音極輕，我畢竟還是太害怕了，或是不願將她吵醒吧。淚水從我臉頰滾落，鼻涕也流下來了，我吸著鼻子，發出的聲音比叫媽媽的呼吸還大。

「媽？」

她挪了一下，微微發出呻吟。

我心想，要叫醒她，只能再試一次了。

接著我想到瑪姬，想到她暗夜中獨自一個人躺在防空室裡，渾身疼痛。

接著我想到那場夢。

我好像整個人被揪住。

我無法呼吸，突然頭暈目眩，恐懼不已。

房間變黑，我覺得自己快崩潰了。

我終於明白自己在這件事情裡所扮演的角色。

我愚蠢而冷漠的背叛。

和我的劣根性。

我好想哭。那哭聲不知不覺變成尖叫，我好想尖叫。我摀住嘴，踉踉蹌蹌跑出房間，來到房門外的走廊。我腳一軟，坐在那兒發抖哭泣，怎麼也停不住。

我坐在那兒好長一段時間。

他們都沒醒來。

我站起來時已近凌晨。

我走回自己房間，看著床邊窗外夜色轉為漆黑，再轉成濃郁的深藍。

思緒旋繞不定，如清晨自屋簷飛下的麻雀般貫穿我。

我坐起來，徹底看清了自己，然後平靜地看著旭日東升。

第三十六章

現在至少其他人都被趕走了，這點不無小補。我得和瑪姬談一談，得讓她相信我終於要幫她了。我會幫她逃跑，不管是否帶著蘇珊。我不覺得蘇珊的狀況有那麼危險，迄今為止，她除了屁股挨幾次揍之外還沒出什麼事，至少我沒看到。有麻煩的人是瑪姬，我覺得她現在一定也意識到這點了。

只是事情比我預期的容易許多，也困難許多。

之所以困難是因為我也被列為拒絕往來戶了。

「我媽不希望任何人過來。」唐尼說。我們騎自行車要去社區游泳池，那是我們幾週以來第一次去。天氣溽熱無風，才騎了三條街就大汗淋漓了。

「為什麼？我又沒做什麼。為什麼我不能去？」

我們騎在下坡路上，滑行了一陣子。

「不是那樣的，你聽到東尼．莫里諾幹了什麼好事嗎？」

「什麼事？」

「他告訴他媽媽了。」

「什麼？」

「就是啊，那個王八蛋。他弟弟勞．莫里諾把我們出賣了。他沒全說啦，我猜他沒辦法跟他老媽講所有的事，不過也夠了。他告訴她說，我們把瑪姬關在地窖裡，蘿絲罵她是妓女蕩婦，還打她。」

「天哪，那她怎麼說？」

唐尼大聲笑道：「我們運氣不壞，莫里諾家是很嚴謹的天主教徒。他媽媽說，瑪姬也許是罪有應得，不太檢點什麼的。她說父母本來就有權利管小孩，蘿絲現在也算是她媽媽了，結果你知道我們怎麼做嗎？」

「怎麼做？」

「我和威利裝作啥也不知道，把東尼帶到畢里克農場後邊的林子裡，他對那裡一點也不熟。我們讓他迷路，然後把他丟在沼地裡不管。他花了兩個半小時才找到路回家，天都黑了，可是你知道最精采的是什麼嗎？他因為沒趕上晚餐，又渾身髒兮兮的回家，結果被他老媽狠扁一頓——他老媽耶！」

我們哈哈大笑。兩人把車騎到休閒大樓旁新鋪的車道上，然後把車放進車架，越過黏呼呼的柏油路到游泳池畔。

我們在大門亮了一下塑膠名牌，池子裡擠滿了人。小小孩像一群食人魚似地在淺水處胡踢亂濺。嬰兒池裡滿是扶著小寶寶的家長，寶寶肥嫩的手指抓住鴨子或恐龍造型的游泳圈。跳板及點心攤旁各有一條不耐久候的人龍，垃圾桶上成群的大黃蜂在冰淇淋包裝紙和汽水瓶間穿梭。尖叫、戲水及吼叫聲震耳欲聾，所有人在圍欄內的草地上和水泥地裡跑來跑去。救生員的哨子每半分鐘就響一次，我們把毛巾一扔，走到八英尺深的水池區，把腿伸進飄著氯氣的水裡擺晃。

「那跟我有什麼關係？」我問他。

他聳聳肩，「不知道，」他說，「我媽現在很擔心，怕有人會去告發。」

「我嗎？天啊，我才不會咧。」我想到自己在黑暗中站在睡著的母親面前。「你知道我不會講的。」

「我知道，只是最近蘿絲很不放心。」

我沒法再追問了，唐尼不像他弟弟那麼笨，他很了解我，他會知道我是在追問，並因此起疑。所以我只能等。我們用腳踢著水。

「這樣吧，」他說，「我去跟她談一談好了。真是沒道理，你很常來我們家呀，到現在都有幾年了？」

「很多年啦。」

「所以管他的，我會去跟她講，我們下水吧。」

我們滑進池子裡。

而說服瑪姬逃走的部分就容易多了。

這麼做理由充足。

我告訴自己，我得再次站在那兒看，等待發言的時機，然後再說服瑪姬。我連計畫都想好了。

然後事情就會過去了。

無論如何，我得假裝跟他們一國——假裝不在乎。再假裝一次就好了。

可是我差點失算。

因為這次實在太過分、太駭人了。

第三十七章

「沒事了，」第二天唐尼告訴我，「我媽說你可以來。」

「來哪裡？」我媽媽問。

她就站在我後面的廚房流理臺邊切洋蔥，唐尼則在紗門後的門廊上。我擋在中間，所以唐尼沒注意到我媽。

廚房裡都是嗆人的洋蔥味。

「你們要去哪兒？」她問。

我看看唐尼，他腦筋轉得很快。

「我們下週六想去史帕托，莫朗太太，我們家要去野餐，想邀大衛一起來。可以嗎？」

「當然好啦。」媽笑著說。唐尼對她非常客氣，而且毫不勉強，我媽還滿喜歡他的，雖然她跟錢德勒家沒什麼來往。

「太好了，謝謝妳，莫朗太太。待會兒見，大衛。」他說。

所以一會兒後我就過去了。

蘿絲又重新加入戰局。

她看起來很嚇人，臉上有好幾處潰爛，看得出她一直在抓，因為有兩個地方都結痂了。她的頭髮油汙塌亂，到處是頭皮屑。身上的薄棉衣看起來像穿著入睡好幾天了，現在我確定她真的變瘦了，這點可以從她臉上看出來——兩眼凹陷，顴骨上的皮膚緊緊繃著。

她跟平時一樣抽著菸，坐在瑪姬對面的摺疊椅上，旁邊紙盤有一塊吃了一半的鮪魚三明治，蘿絲拿它當菸灰缸。溼掉的白麵包上插著兩根菸蒂。

她瞇著眼，靠往椅子前方，專心地盯著，好像在看《二十一點》之類的電視益智遊戲節目。有位哥倫比亞的英文老師查理・范多倫遭到舉發，說他在前一週的節目上作弊，贏取十二萬九千美元的獎金。蘿絲傷心透頂，彷彿她也被騙了。

可是現在她看瑪姬的方式就像隔音室裡的范多倫，凝神而專注。

獨自一個人繼續玩。

吠吠則拿小刀戳著瑪姬。

他們又把她吊到天花板下了。瑪姬踮著腳尖渾身緊繃，腳邊放著幾本厚書，全身裸露，髒汙且布滿瘀傷，沁著汗水的皮膚蒼白無比，但這些都不重要了——本來很要緊，但其實已無所謂。那場景——看到她的慘狀後——像魔咒般令我久久無法自己。

我對性、對殘酷的認識皆源於瑪姬。一時間，我覺得自己像被灌醉，又變成跟他們同一夥了。

接著我看到吠吠。

小一號的我——或說也有可能是我——手裡拿著一把刀。

難怪蘿絲會那麼專注。

他們全都很專心，威利，還有唐尼也是，沒有人說半句話，因為刀子不是皮帶、腰帶或熱水，刀子會造成嚴重的永久性傷害。吠吠還小，一知半解，他知道人會死，會受傷，卻不懂其後果。他們明知危險，卻放任不管，想要這件事發生。他們是在訓練吠吠。

而我並不需要學這種東西。

目前還沒見血，但我知道這只是遲早的事。瑪姬雖然塞著布，蒙住眼，還是看得出來很害怕。她的胸腹抽搐，呼吸紊亂，臂上的疤痕明顯如鋸齒狀的閃電。

吠吠戳著她的肚子，像她那樣踮著腳尖根本無法縮起身子，只能就著繩子抽動痙攣。吠吠咯咯笑著，去戳她肚臍下方。

蘿絲看著我，點頭打個招呼，然後又點燃一根菸。我發現瑪姬母親的婚戒鬆鬆地戴在她的無名指上。

吠吠用刀鋒劃著瑪姬的胸肋，然後去刺她腋下。他的動作又快又粗魯，害我一直在她肋骨上找血痕，這次算她好運，不過我看到別的東西了。

「那是什麼？」

「什麼什麼？」蘿絲煩亂地問。

「她那邊腿上。」

瑪姬膝蓋上方的大腿上有一塊兩英寸大的楔形紅痕。

蘿絲自顧抽菸，沒有回答。

威利倒答話了。「媽正在燙衣服，」他說，「瑪姬頂嘴，所以媽就拿熨斗弄她皮膚，沒事啦，只是現在熨斗壞了。」

「沒事才怪。」蘿絲說。

她指的是熨斗。吠吠把刀子挪回瑪姬的肚子上，這回他在肋骨下刺出一個口子。

「糟糕。」他說。

吠吠轉頭看著蘿絲，蘿絲站起來。

她吸了口菸，彈掉菸灰。

然後走過去。

吠吠往後退開。

「媽的，洛菲。」她說。

「對不起啦。」吠吠鬆開手，刀子噹地一聲落在地上。

吠吠一副很害怕的樣子，但蘿絲的語氣跟表情無喜也無怒。

「該死，」她說，「現在我們只得用燒的了。」她拿起香菸。

我把頭撇開。

我聽到瑪姬隔著布塞尖叫，尖細的悶聲突然變成了哀嚎。

「住嘴，」蘿絲說，「住嘴，否則我再燒一遍。」

瑪姬停不了。

我開始發抖，望著空空的水泥牆。

住手，我心想，我聽到嘶的一聲，然後聽到她在尖叫。

我聞到焦味。

我看到蘿絲一手拿菸，一手隔著灰色棉衣捧住瑪姬的乳房揉捏。我看到瑪姬的肋骨下有一堆密集的燙痕，她突然之間全身盜汗。蘿絲的手粗魯地掠過她皺巴巴的衣服，按住她雙腿之間，瑪姬呻吟著東擺西晃，香菸再次慢慢靠上前。

我知道事情會被我搞砸，因為我已經快受不了了，我得做點什麼，說點什麼，只要能阻止蘿絲去燙她。我閉上眼睛，卻還是看得見蘿絲掐著她兩腿之間的畫面。四周都是燒焦的肉味，我的胃在翻攪，只能轉過頭，聽到瑪姬尖叫，然後又是一聲尖叫，接著唐尼突然用嘶啞而充滿恐懼的聲音喊：「媽！媽！媽！」

怎麼了？

接著我聽到了，*咚咚咚*。

有人在門口。

在前門門口。

我看著蘿絲。

她正盯著瑪姬，表情平靜而放鬆，無憂亦無情。她緩緩把香菸放到唇間，深深抽一口，品嘗瑪姬的味道。

我的胃又在翻攪。

我聽到敲門聲。

「去應門。」她說，「慢慢去，放輕鬆。」

她靜靜站著，威利和唐尼面面相覷，然後一起上樓。

吠吠看看蘿絲，再看看瑪姬，不知所措，他突然又變成一個需要指示的小男生了，他不知該走該留。沒人來幫他，蘿絲那個模樣是幫不成的。最後吠吠自己決定跟著哥哥們上樓。

我等他離開後才開口。

「蘿絲？」

她好像沒聽到我說話。

「蘿絲？」

她只是繼續盯著。

「妳不覺得……我是說，如果有人……妳放心把事情交給他們嗎？交給威利和唐尼？」

「呃？」

她看著我，也不知到底有沒有看見我，我從來沒見過如此茫然的人。

可是我必須趁這個機會——也許是唯一的機會——逼她一下。

「妳不覺得應該由妳去應門嗎，蘿絲？萬一又是詹寧斯先生怎麼辦？」

「誰？」

「詹寧斯先生，詹寧斯警官，警察呀，蘿絲。」

「噢。」

「我可以……幫妳看住她。」

「看住她？」

「以免她又……」

「好，很好，看住她，好主意，謝謝你，大衛。」蘿絲朝門口走，動作遲緩飄渺，接著她轉過頭，語氣一硬，背部緊繃，眼裡凶光四射。

「你最好別惡搞。」她說。

「什麼？」

她把手指壓到唇上，露出笑容。

「下邊若發出一點聲音，我就把你們兩個全宰了，不是懲罰，而是宰掉，懂嗎，大衛？你聽明白了嗎？」

「明白了。」

「你確定？」

「是的，夫人。」

「很好，非常好。」

她轉過身，我聽到她踩著拖鞋沙沙上樓。樓上有聲音，我卻聽不出所以然。

我轉頭看著瑪姬。

我明白蘿絲第三次燒她哪裡了——燒她的右乳房。

「噢，天哪，瑪姬。」我走到她身邊，「我是大衛呀，」我把眼罩拉下來讓她看見我，她的眼神迷惘狂亂。

「瑪姬，」我說，「瑪姬，聽我說，拜託妳聽我說。求妳別發出任何聲音，妳聽到她說的話了嗎？她做得到的，瑪姬。求妳別尖叫或發出任何聲音。我想救妳，時間不多了，妳聽我講，我把布塞拿掉好嗎？妳不會尖叫吧？那不會有好處的，上面不知道來的是誰，說不定是賣化妝品的女士，蘿絲很會替自己圓謊，她可以把任何事撇得一乾二淨。可是我會救妳出去，妳明白嗎？我會救妳出去！」

我講得飛快，根本停不下來。我把布塞拿掉，讓她能回答。

她舔著嘴唇。

「怎麼救？」她問，聲音痛苦而激動。

「今晚，深夜，等他們睡著後。得弄得像是妳自己逃走的，好嗎？」

她點點頭。

「我有一些錢，」我說，「妳會沒事的，我可以回來這裡看一看，確定蘇珊沒事，然後我們再設法把她弄走，或許回去找警察，讓他們看看……妳的狀況。好嗎？」

「好。」

「好。就今晚，說定了。」

我聽見咿咿呀呀的前門砰地關上，腳步聲穿過客廳，從樓上下來。我把布塞回去，將眼罩戴上。

是唐尼和威利。

他們怒目看著我。

「你怎麼會知道？」唐尼問。

「知道什麼？」

「是你跟他說的嗎？」

「跟誰說？跟他說什麼？你們到底在講什麼？」

「你少跟我耍嘴皮子，大衛。蘿絲說你告訴她敲門的有可能是詹寧斯。」

「不然你他媽的以為會是誰，王八蛋？」

噢，天哪，我心想，真他媽的，我竟然還求她別尖叫。

本來可以解決一切的。不過我得先應付他們。

「你在說笑吧。」我說。

「我才沒說笑。」

「詹寧斯先生？天哪，我只是亂猜的而已。」

「猜得真準。」威利說。

「我那麼說，是為了讓蘿絲……」

「為了讓蘿絲怎樣？」

讓她上樓啊，我心想。「讓她再走動走動，拜託，你們也看到了，她在這裡活像個殭屍一樣！」

兄弟倆互望一眼。

「她是變得滿怪的。」唐尼說。

威利聳聳肩，「嗯，好像是。」

我想讓他們繼續講下去，以免對我和瑪姬獨處產生懷疑。

「你們覺得如何？」我問，「他是來找瑪姬的嗎？」

「好像是吧。」唐尼說，「他說順路來看看那兩個乖女孩在幹麼，所以我們就帶他去房裡看蘇珊，騙他瑪姬出去買東西了。當然了，蘇珊啥都沒說——半個屁也不敢放。所以我猜他就信了，他好像有點不自在、不好意思的樣子。」

「你媽呢？」

「她說她要去躺一下。」

「你們晚餐煮什麼？」

這話有夠無聊，卻是我第一個想到的話題。

「不知道，大概烤點熱狗吧，怎樣，要過來吃嗎？」

「我去問我媽看看。」說完我看著瑪姬，「那她怎麼辦？」我問唐尼。

「什麼怎麼辦？」

「你們就把她丟在那兒不管嗎？至少得在燙傷的地方敷點東西吧，會感染的。」

「管她去死，」威利說，「老子還沒跟她算完帳哩。」

他彎身撿起吠吠的刀子。

他拿在手裡把玩，然後停下來，咧嘴看著瑪姬。

「不過話說回來，也許我已經算完帳了。」他說，「我不知道。」他走過去，讓瑪姬清楚無誤地聽到他的話，「我還不確定，」他逗著瑪姬。

我決定不理威利。

「我去問我媽。」我告訴唐尼。

我不想留下來看威利做了什麼決定，反正我無能為力。有些事你就是得放手，才能專心去想自己能做什麼。我轉身上樓。

到樓梯口時，我檢查了一下門。

一切就靠他們的懶惰和散漫了。

再檢查一下門鎖。

沒錯，鎖還是壞的。

第三十八章

在那個年代，就連犯罪都有種異常天真的感覺。

在我們鎮上，闖空門前所未聞，那是都市裡才會發生的事，這裡不可能。這正是我們爸媽搬離都市、遷居至此的主因。

關門窗是為了抵禦淒風苦雨，不是為了防範別人。所以當門窗的鎖壞掉，或多年日晒雨淋、最後生鏽，通常會丟著不管，因為防風擋雪並不需要鎖。

錢德勒家也不例外。

屋子後面有個帶鎖的紗門，好像一直都是壞的——在我記憶中一直如此，而且木門有些變形，鎖的簧片與門框上的鎖緣無法咬合。

瑪姬雖然關在那裡，他們也懶得修鎖。

這樣就只剩防空室本身的金屬冷凍櫃門了。只要把門閂拉開就成，雖然門閂又重又大聲。

我覺得這辦法可行。

凌晨三點二十五分，我動身調查。

我有一支電光筆、一把小摺刀，還有口袋裡鏟雪賺來的三十七美元。我穿上布鞋和牛仔褲，以及媽媽照著貓王在《情歌心聲》中的打扮幫我染的黑色T恤。等我越過車道抵達錢德勒家院子，T恤已像第二層皮膚那樣溼淋淋地黏在我背上。

屋子裡頭黑漆漆。

我踏上門廊等候，一邊豎耳細聽。弦月下的夜色安靜而清朗。

錢德勒家的房子似乎在對著我呼吸，有如一名睡著的老婦，骨頭咯咯作響。好嚇人。

有一瞬間我真想忘記一切、掉頭回家，上床拉起被子。我好想搬到別的城鎮，那天我幻想了這件事一整晚，想像爸媽對我說：大衛，我不曉得該怎麼跟你啟齒——不過我們要搬家了。

可惜我沒那麼好運。

我不斷看見自己在樓梯上被逮個正著：燈光突然亮起，蘿絲站在上頭，拿槍瞄準我。我不認為他們家裡有槍，還是不斷看到那個畫面，有如跳針的唱片，一遍又一遍重複。

瘋了，我一直想。

可是我答應瑪姬了。

這件事已經夠嚇人，今天發生的事又更恐怖。看到蘿絲時我就明白會有什麼結果，我非常確信瑪姬將難逃一死。

我不知道自己在門廊上站了多久。

我聽見高聳的莎倫玫瑰在微風中刮擦屋子，我聽見小溪中的蛙鳴，林子裡的蟋蟀。我的眼睛適應了黑暗，讓夜裡彼此唱和的蛙鳴蟲聲安定心神。因此，一會兒後，我終於不再像一開始那麼害怕或興奮——我興奮的是自己終於要採取行動，為瑪姬和我自己做點什麼——就是所有人都不曾做過的事。這樣想我心裡會好過些，能一點一點去思考當下在做什麼。這就像是玩遊戲。我要在大家入睡後夜闖民宅，就這麼簡單。別去想什麼危險分子、蘿絲、錢德勒一家，他們只是一般人。我是貓一般的闖入者，冷靜、謹慎，來無影去無蹤，沒有人會逮到我。今晚不會，永遠都不會。

我打開外層紗門。

門幾乎沒發出任何聲音。

內門比較麻煩，因為木料吸了溼氣膨脹。我轉動手把，用手指去推門框邊的直木條。我用拇指頂門，輕緩推動。

門發出低吟。

我使勁且平穩地推動，一邊緊握手把，控制那股反作用力，以免門突然打開。

門又響了幾聲。

我覺得整個屋子的人都聽到了。

必要的話我還是可以逃走，不管怎樣，能知道這點就好。

接著，門一下子打開，發出比紗門更小的聲音。

我仔細聆聽。

然後，我走進屋內，來到樓梯口。

我扭開電光筆，樓梯上堆著亂七八糟的碎布、拖把、刷子、桶子等等——是蘿絲清掃用的工具，外加一罐罐釘子、漆罐和稀釋劑。幸好大部分物品都擺在牆對面側。我知道靠牆邊的梯子因為有支撐，所以最穩固，也最不會亂發出聲音。牆對面的階梯一定最吵，被逮到的可能性也最高。我小心翼翼走下樓。

我每踏一階，就停下來細聽。這裡每階的間隔也不同。我要避免踩出聲。

可是每個階梯都各自發出聲音。

我走了好久好久。

最後，我終於來到樓梯底，心臟都快爆了，不敢相信他們什麼也沒聽到。

我來到防空室門口。

地下室有溼氣、黴菌和髒衣物的氣味——以及類似酸奶灑出來的味道。

我盡可能安靜、穩定地拉開門閂，但仍弄出尖銳的金屬摩擦聲。

我開門走進去。

直到那一刻，我才想起自己前來的目的。

瑪姬坐在氣墊床角落，背貼著牆等待。在微弱光線下，我看見她有多麼驚懼，又被整得有多慘。他們只給她一件薄薄的皺襯衫，她的兩條腿光溜溜。

威利拿刀去割她的腿。

瑪姬的大腿、小腿——幾乎一路延伸到腳踝——布滿十字形的刀痕。她的襯衫上也染了血，幾乎都乾了，但並非全部。有些傷口還在滲血。

瑪姬站起來。

她走向我，而我看見她太陽穴上又有新瘀傷。

儘管如此，她仍一派堅定自信。

她想開口說話，但我把手指放到脣上，示意她安靜。

「我會把門閂拉起，讓後門開著。」我低聲說，「他們會以為是自己忘記關，給我一個半小時。上樓時，妳貼著牆邊的梯子走，別用跑的。唐尼跑得很快，他會抓到妳。拿去。」

我從口袋掏錢遞給她，她看了看，搖搖頭。

「最好不要，」她悄聲說，「萬一出問題，他們在我身上找到錢，就會知道有人來過。我們不會再有第二次機會，你把錢放在……」她想了一會兒，「放在巨石上，在上面壓個石頭，我可以找到，你放心。」

「妳要去哪裡？」我說。

「不知道，現在還不知道，也許回去找詹寧斯先生吧，反正不會太遠，我想離蘇珊近一點。我會設法通知你。」

「要手電筒嗎？」

她再次搖頭，「這些梯子我摸得很熟了，你留著。去吧，快去，快離開這裡。」

我轉身要走。

「大衛？」

我又回頭，瑪姬突然來我身旁，抬起頭。她閉上眼睛，眼裡淨是淚水，然後，她吻了我。

瑪姬的嘴唇破裂紅腫。

然而，那卻是我碰觸過最輕柔美麗的事物。

我突然淚水盈眶。

「老天——對不起，瑪姬，真的很對不起。」

我幾乎講不出話，只能站在那兒猛搖頭、求她原諒。

「大衛，」她說，「大衛，謝謝你，你最後的舉動——才是最重要的。」

我注視她，彷彿想將她汲飲入喉，彷彿想化身為她。

我擦著眼睛和臉，點了點頭，打算轉身離開。

接著我想到一件事，「等一等。」

我站到防空室外，用手電筒照著牆壁，看到了我要找的東西：我把拆輪胎的扳手從釘子上取下，走回去交給她。

「需要的話可以用。」我說。

她點點頭。

「祝妳好運，瑪姬。」說完，我靜靜將門闔上。

接著，我回到地下室，再次回到瀰漫死寂與倦意的屋中，緩緩朝樓上門口移去，跟隨床上的翻動聲和樹枝的摩擦聲，踩下每一步。

我來到門外了。

我跑過院子、穿過車道，回到我家屋子後院，接著走進林中。月光明亮，但即使沒有光，我也知道道路。我聽到溪流淙淙。

我來到巨石旁，撿了幾顆石頭，小心走下築堤。月下有波光粼粼、飛泉濺石。我踏上巨石，伸手從口袋掏出一疊錢，用小石子堆成金字塔，把錢壓住。

回到築堤後，我回頭張望。

那疊錢和石堆模樣詭異，有如祭品。

我在濃郁的樹葉香氣中奔回家。

第三十九章

之後，我坐在床上，聆聽家中事物入睡的聲音，覺得自己不可能睡著。可是我沒料到自己會精疲力竭成這樣，我在天色剛亮後睡去，枕上一片汗溼。

我睡得很沉，而且睡到很晚。

等我看到時鐘已經快中午了。我穿上衣服衝下樓，吞下該吃的穀片早餐。畢竟老媽站在那裡抱怨整天睡懶覺的人長大沒出息，大多會去坐牢、找不到工作。接著我奔出門，進入八月溽熱的陽光底下。

我沒勇氣直接殺去錢德勒家——萬一他們知道是我怎麼辦？

我穿過樹林、來到巨石邊。

石頭堆成的小金字塔和錢都還在原處。

天光下，那東西看起來不再像是祭品，倒像一坨落在樹葉堆上的狗大便，對著我發出訕笑。

我頓時領悟其中含義——瑪姬沒逃出來。

他們抓到她了。

她還被關在裡頭。

我簡直要嚇破膽，早餐差點吐出來。我忿恨、害怕又不解。萬一他們覺得是我開的門怎麼辦？或者他們對瑪姬嚴刑拷打？

現在我該怎麼辦？

逃離鎮上嗎？

可以去報警啊，我心想，可以去找詹寧斯先生。

接著我又想，好啊，但要跟他說什麼？說蘿絲虐待瑪姬好幾個月，我都知道，因為我也是幫凶？

我看的警探節目夠多，知道什麼叫幫凶。

而且我認識一個小孩，是住在西橙鎮的表親的朋友。他喝啤酒喝到醉，結果去偷鄰居的車，關了快一年的感化院。據他表示，他們可以隨心所欲地打你、餵你藥、叫你穿約束衣，等他們大發善心才會放你出來。

一定還有別的辦法，我想。

就像瑪姬說的，留著錢，我們可以再試一次。這次要考慮得更周詳才行。

如果他們不知道是我在搞鬼的話。

想弄清事實只有一個辦法。

我爬到巨石上，拿起五元和一元的紙鈔放入口袋，再深吸一大口氣。

我走了過去。

第四十章

威利為我開門。就算他們知道、或對我起了疑心，目前顯然還有更緊急的事。

「進來吧。」他說。

威利一臉疲倦，卻掩不住興奮，於是看起來比平時更醜了。他都沒洗澡，口氣臭到搞不好連自己都會薰死。

「把後門關上。」

我關了。

我們走下樓。

蘿絲坐在摺疊椅上，吠吠、艾迪和黛妮絲靠在工作檯邊，蘇珊面無血色地在蘿絲旁邊靜靜哭著。

他們每個人都坐在那裡一聲不吭。冰冷潮溼的水泥地，唐尼正壓在瑪姬身上嗯嗯啊啊。他的褲子褪到腳踝。

唐尼正在強暴她，瑪姬赤身裸體，手腳被綁在四英寸見方的支柱之間。

看來蘿絲終於改變了心意，撤掉不准碰瑪姬的規定。

我好想吐。

我轉身想離開。

「不行，」威利說，「你留下來。」

他手握著刀，眼神執拗。我只好留下。

所有人都很安靜，甚至可以聽見兩隻蒼蠅嗡嗡飛鳴。

這有如一場令人作嘔的噩夢，我就像身處夢魘之中，被動地看著事情發生。

唐尼幾乎擋住了她整個人，我只能看到她的下半身——她的腳和大腿。腿不是從昨天就被弄得全是瘀傷，就是髒到腳底都黑掉。

我幾乎感受到唐尼壓在瑪姬身上的重量，在粗糙的地面上撞著她，瑪姬口裡塞著布，但沒蒙上眼罩。我聽見她悶悶的哀叫與無助的憤怒。

唐尼呻吟著，突如其來背一拱，掐緊她燒傷的乳房，最後從她身上翻下來。

我身邊的威利鬆了一大口氣。

「好，」蘿絲點頭說，「妳也就剩這點長處而已。」

黛妮絲和吠吠咯咯笑道。

唐尼穿起褲子、拉上拉鍊，瞄了我一眼，可是沒看我的眼睛。我不怪他，也不想跟他對看。

「你搞不好染上性病了。」蘿絲說，「不過沒關係，這年頭都治得好。」

蘇珊忽然開始嗚嗚哭泣。

「媽咪——！」

她不斷在椅子上晃動。

「我要媽——咪——！」

「妳閉嘴。」吠吠說。

「沒錯。」艾迪說。

「閉上妳的鳥嘴。」蘿絲說，「閉嘴！」

她去踢蘇珊的椅子，然後往後退開，又踢一次。蘇珊從椅子上跌下，躺在地上尖叫，腿的支架磨擦地面。

「別動！」蘿絲說，「妳給我待在那兒。」接著她看看其餘人，「誰想當下一個？」她問，「大衛？艾迪？」

「我要。」威利說。

蘿絲看著他。

「我不確定好不好，」她說，「你哥哥剛操過她，這樣有點亂倫，我不曉得。」

「管他的啦！媽！」威利說。

「真的，那個小妓女雖然不在乎，可是我覺得讓艾迪或大衛上她更適合。」

「大衛才不想上她！」

「他當然想。」

「他才不想！」

蘿絲看著我，我別開頭。

她聳聳肩，「也許他不想，男生也是會害羞的。反正我知道我不會碰她，但話說回來，我又不是男人——艾迪？」

「我想割她。」艾迪說。

「對，我也是！」吠吠說。

「割她？」蘿絲好像沒聽懂。

「妳說過我們可以割她，錢德勒太太。」黛妮絲說。

「我有嗎？」

「當然有。」吠吠說。

「有嗎?什麼時候?現在嗎？」

「喂，拜託好不好，我還想操她。」威利說。

「住嘴。」蘿絲說，「我正在和洛菲說話。怎樣割？」

「在她身上留個什麼，」洛菲說，「這樣大家才會知道她是個妓女。」

「沒錯，給她個紅字之類的。」黛妮絲說，「就像漫畫一樣。」

「噢，你是說給她印記啊，」蘿絲說，「你是指給她打印，不是割。」

「妳之前是說割她。」吠吠表示。

「別跟我抬槓，不許跟你媽頂嘴。」

「妳真的有說，錢德勒太太，」艾迪說道，「真的，妳說的是割她。」

「我有說過嗎？」

「我聽到了，我們全都聽到了。」

蘿絲點點頭，想了一下，嘆口氣。

「好吧，那我們需要一根針。洛菲，到樓上拿我的裁縫盒……應該是在走廊的衣櫥裡。」

「好。」

他從我身邊跑開。

我不敢相信會發生這種事。

「蘿絲，」我說，「蘿絲？」

她看著我，眼睛似乎在眼窩內一跳一跳。

「怎樣？」

「妳不會真的這麼做吧？」

「我說我們可以割割看，那就試試無妨。」

她逼近我，菸味從她每個毛細孔滲出來。

「你知道那個賤人昨晚想幹麼嗎？」她說，「她想從這裡逃走。大家都沒鎖門，我們現在弄清楚是唐尼的錯了，因為他昨天最後一個進來，而且唐尼又對她很好，他一向如此，所以最後我讓他上她。只要女人到了手，你就再也不會想要她。唐尼現在應該已經沒事了。

「不過，讓大夥兒瞧瞧她是哪種貨色也不錯，你不覺得嗎？」

「媽，」威利抱怨道。

「怎樣？」

「那為什麼我不行？」

「不行什麼？」

「不行幹她！」

「因為我說不行就是不行，幹！那是亂倫！不許你再拿這件事煩我，你要在你親哥哥的精液裡游泳嗎？你想那樣嗎？不要跟我講話，你太噁心了！就和你天殺的老爸一樣。」

「蘿絲，」我說，「妳……妳不可以這樣。」

「我不可以？」

「不可以。」

「不可以嗎？為什麼？」

「那樣……那樣不對。」

她站起身，朝我走來，我不得不看著她、直視她的雙眼。

「拜託，別想告訴我怎麼做才對，小鬼。」

蘿絲的嗓音顫抖，像在低吼，我知道她正極力抑制內心的狂怒。她目光閃爍，有如不斷滴蠟的燭光。我往後退，心想：老天，我以前怎麼會覺得自己喜歡這個女人？還認為她很風趣——有時甚至覺得她漂亮又特別。

這個女人令我心驚膽戰。

她會殺死人的，我心想，她會把我們全部殺掉，包括她自己的小孩，而且她根本不會多在乎或多想什麼，總之先做再說。

如果她真想殺人的話。

「少教訓我。」蘿絲表示。

我想她應該知道我在想什麼；她完全把我看透了。

不過她也不擔心。蘿絲轉頭對威利說。

「這小鬼想跑，」她說，「把他的蛋蛋割下來給我，聽到沒？」

威利對她笑道：「好，媽媽。」

吠吠拿了個破破爛爛的紙鞋盒跑進來交給蘿絲。

「不在裡頭。」他說。

「呃？」

「不是在衣櫥，是在臥室的梳妝臺上。」

「噢。」

她打開盒子，我瞄到一些糾纏雜亂的線團、針線包、釦子和針。她把盒子放上工作檯，在裡頭翻找。

艾迪從桌邊移開、讓出空間，從蘿絲肩後往下探看。

「開始吧。」蘿絲轉頭對吠吠說，「不過我們得好好加熱，否則她會發炎。」

蘿絲拿起一根又粗又長的縫針。

房裡頓時充滿緊張氣氛。

我看著針，再看看躺在地板上的瑪姬，瑪姬也注視著針，蘇珊亦然。

「誰來？」艾迪問。

「公平起見，你們每個人都可以刺一個字母，這樣可以嗎？」

「太好了，那我們要寫什麼？」

蘿絲想了想。

「簡單就好，『I FUCK FUCK ME』如何？這樣需要知道的人應該都能明白。」

「好，」黛妮絲說，「太棒了。」那一刻。我覺得黛妮絲看起來和蘿絲一模一樣——眼神狂亂，極度亢奮。

「哇，」吠吠說，「那有很多字母耶，每個人快要刺到兩個了。」

蘿絲數了數，點點頭。

「事實上，如果大衛不想刺——我看他應該不想——那你們每人就能刺兩個字母，多的一個我來刺。大衛？」

我搖頭。

「我就知道，」蘿絲說，但似乎沒有生氣，也不帶嘲弄。

「好吧，」蘿絲說，「我來刺I，我們動手吧。」

「蘿絲——」我說，「蘿絲？」

威利挨近，拿著刻刀在我下巴底下緩緩劃圈，令我十分緊張，因為威利不按牌理出牌。我看了看艾迪，他正在把玩自己的瑞士軍刀，眼神陰毒，和我猜想的一樣。接著我看向唐尼，可是他已經變了個人，不可能找他幫忙了。

蘿絲轉頭看我，依然不慍不火，語氣平靜，有些無奈，一副她接下來要說的話都是為我好，好像這是在疼愛我——全屋裡她最疼愛我。

「大衛，」蘿絲說，「我告訴你：別管這檔事。」

「那我想走了，」我說，「我想離開這裡。」

「不行。」

「我不想看。」

「那就別看。」

他們就要對她動手了。吠吠拿出火柴。

他給針加熱。

我拚命忍住眼淚。

「我也不想聽。」

「不幸的是，」蘿絲說，「除非你耳朵塞蠟，否則就只能聽了。」

確實如此。

第四十一章

一切結束後，他們拿外用酒精幫她塗抹，我走過去，看他們幹了什麼好事——不只是這個，也連同昨晚和今早發生的事一起。

這是一整天我第一次靠近瑪姬。

塗完酒精後，他們把布塞拿掉。因為瑪姬現在已經虛弱到無法說話。她嘴脣腫脹，又紅又紫的一眼閉著。我看到她胸部、鎖骨上有三、四個新菸痕，大腿內側也有一個。蘿絲用熨斗燙出來的三角形水泡現在破了，她的肋骨、手臂以及昨天威利拿刀割的大小腿全是瘀傷。

而且還加了幾個字。

I FUCK FUCK ME

兩英寸大的字母，全用大寫，半烙半刺，橫刻在她腹部的皮肉。

那字跡看起來像是六歲學童寫出來的，歪歪斜斜。

「現在妳嫁不出去啦。」蘿絲說。她又坐在她的椅子上抽菸，蘿絲抱住自己的膝蓋，來回搖晃。威利和艾迪上樓拿可樂，房裡都是菸味、汗味和酒臭。「看，字會永遠在那裡，瑪姬。」她說，「妳不能脫衣服，永遠不能脫給任何人看了。因為他會看到那裡的字。」

我望著她，很清楚她說的是真話。

蘿絲改變了瑪姬。

她改變了她的一生。

燙傷和瘀傷總會癒合，但刺字無法磨滅。即使變淡，三十年後仍清晰可讀。每次，只要她在別人面前袒裸，就會想到這件事、就得跟人解釋原因。每回照鏡，都會看見那些字、想起一切。今年學校通過一項規定：上完體育課後一定要淋浴。那麼，在一群少女面前，她該如何自處？

可是蘿絲並不擔心，好像瑪姬早就成了她的財產。

「這樣比較好，」她說，「妳將來就會懂。不會有男人要妳的，妳不會有小孩，但是那樣好太多了。妳運氣很好啊。妳以為長得可愛、生得漂亮是好事嗎？我告訴妳瑪姬，這個世界上，惹人嫌的醜女命比較好。」

艾迪和威利拎著半打可樂笑著走進來，把可樂分給大家。我接過一瓶，努力拿穩瓶子。飴糖淡淡的甜味令我作嘔，我知道自己只要喝一小口就會吐出來。這一切開始後我就極力在忍吐。

唐尼沒拿。他站在瑪姬旁邊低著頭看。

「妳說得對，媽，」一會兒後，他說，「感覺變了——我是指我們寫上去的東西。好奇怪啊。」

他試著解釋，最後終於想到該怎麼說。

「就是她也沒那麼了不起嘛。」他說。聽起來有些訝異，甚至有一絲開心。

蘿絲則笑了，笑容淺淺的，有些曖昧。

「我早跟你說過，」她說，「明白了吧？」

艾迪大笑著走過去，出腳踹她肋骨，瑪姬連哼都不哼一聲。「對嘛，她算什麼東西。」他說。

「她什麼也不是！」黛妮絲大口喝著可樂。

艾迪又踹了她一次，這回更用力，他老姊更全力協助。

拜託讓我離開這裡吧，我心想。求求你們，放我走吧。

「現在可以再把她綁起來了。」蘿絲說。

「就讓她躺著吧。」威利說。

「地上很冷，我不希望她流鼻水或打噴嚏。把她拉起來讓我們看看。」

艾迪幫她鬆綁腿，唐尼解開綁在柱子上的手，但還是綑在一塊兒，再把繩子纏到天花板的釘子上。

瑪姬看著我。她非常虛弱，連半滴眼淚都流不出來，也沒力氣哭。她只是滿臉悲切，似乎在說，看看我現在變成什麼樣子？

唐尼拉起繩子，把她的手拉到頭頂，綁到工作檯。但是這次做得很馬虎，十分草率，一點也不像他。彷彿他什麼也不在意了。瑪姬已經不值得他多花力氣。

情況真的變了。

自從她身上被刺字，瑪姬的利用價值——不管是為了激發恐懼、慾望或憎恨——都已消耗殆盡，僅殘存一副虛弱、破敗又可鄙的皮肉。

蘿絲坐在那兒看她，彷彿研究畫布的畫家。

「我們還有一件事可以做。」她說。

「什麼事？」唐尼問。

蘿絲想了想，「我們得到她了，所以現在沒有男人會想要她。問題是，瑪姬可能還是會想要男人。」蘿絲搖搖頭，「那是畢生的折磨。」

「所以呢？」

她考慮一下，而我們看著她。

「我告訴你們怎麼辦，」蘿絲終於開口，「去樓上廚房的報紙堆拿些報紙下來，多拿一點，然後放到後面水槽裡。」

「幹麼要報紙？要報紙做什麼？」

「讀給她聽嗎？」黛妮絲說完，一群人哄堂大笑。

「去做就對了。」蘿絲說。

唐尼上樓拿報紙來，丟到洗衣機旁的水槽裡。

蘿絲站起來。

「OK，誰有火柴？我的沒了。」

「我有。」艾迪說。

他把火柴交給蘿絲，蘿絲彎腰，撿起我昨天拿給瑪姬的輪胎扳手，而我不禁懷疑瑪姬到底有沒有用到它。

「喏，拿著。」她把扳手拿給艾迪，「來吧。」

他們放下可樂，走過我身旁。大家都想知道蘿絲在打什麼主意，除了我和蘇珊。但蘇珊只是照著蘿絲的話坐在被指定的位置，威利則拿著刀，那刀就在離我肋骨兩英寸的地方。

所以我也走過去。

「捲起來。」蘿絲說，大夥兒看著她。

「報紙啦。」她說，「把報紙捲好，扔回水槽裡。」

吠吠、艾迪、黛妮絲和唐尼照她的話做。蘿絲用艾迪的火柴點了根菸，威利則待在我後面。

我瞄著幾英尺外的樓梯，蠢蠢欲動。

他們開始捲報紙。

「壓緊一點。」蘿絲說。

他們把報紙塞進水槽。

「問題在於，」蘿絲說，「女人其實不希望男人搞她全身，不是那樣，她只要他搞她一個地方就好。懂我的意思嗎？黛妮絲？妳不懂？妳還不懂？總之妳將來會明白的。女人只有一個地方需要男人，那個特定的地方就是她兩腿之間。」

她指了指，用手壓向自己的衣服，作勢展示。他們停下手上動作。

「就一個小地方，」她說，「如果把那個地方除掉，你們知道會怎樣嗎？她所有的慾念就全部消失了。

「真的，永遠消失，就是這麼有效。有些地方向來都是這麼處理，這非常普遍的，好像是等女生長到一定的年齡吧，免得她亂來。有些地方，嗯，我也不太清楚，好像是非洲、阿拉伯和新幾內亞，那邊的人覺得那是一種文明的做法。

「所以我想，我們這邊也可以做吧？我們也來把那個地方除掉。

「我們來燒她，把那個地方燒掉，可以用熨斗。

「然後她就會……很完美了。」

房中一片死寂，眾人望著蘿絲，不敢相信自己聽到了什麼。

但是我信。

數天來，我一直試圖釐清的情緒此刻終於真相大白。

我開始發抖，彷彿裸體站在嚴酷的十二月寒風中，因為我可以想到、聞到、聽到她的叫喊。我可以看見自己的未來——以及這件事將造成何種後果。

而且我知道我是唯一了解事態多麼嚴重的人。

其他人則想不到這麼遠——蘿絲也一樣。她雖一時興起當起了獄卒，老是想像自己多麼痛苦，老是說她若沒辭職、沒遇到老威利，沒結婚也沒生小孩就會如何如何，但是她還是缺乏想像力。

他們只想到自己，沒想過別人，只看見眼前，沒看見別的，他們既盲目又空洞。毫無想像力。半點都沒有。他們完全不懂。

而我卻顫抖不已，沒錯，這很合理，而且可以理解。

我被一群凶殘的人圍繞，我與他們同在，我是他們的同夥。

不，不算凶殘的人，不全是那樣。

而且比那還要不如。

他們更像是一群貓狗，或一群凶惡紅蟻，就像吠吠喜歡玩弄的那些昆蟲。

他們像是另一個物種，是只有人的皮囊，卻毫無人性的聰明東西。

我在他們之間被某種異物籠罩。被惡魔侵襲。

我衝向樓梯。

威利咒罵一聲，刀子劃過我背上的襯衫。我抓住木製扶欄，繞上階梯。

我絆了一下，蘿絲在底下指著我大罵，那張嘴有如空盪漆黑的巨大洞穴。威利拉住我的腳，我將旁邊的漆罐和水桶往身後樓梯一掃，聽見威利再爆粗口，艾迪也是。我猛力抽回腳、站起來，盲目地往樓上直衝。

紗門是開的，我奮力推開。

夏日熱浪撲面襲來，我尖叫不了，非喘口氣不可。我聽見他們緊追在後，於是跳下臺階。

「走開！」唐尼大吼。

說時遲那時快，他撲到我身上，夾帶從臺階躍下的衝力將我撲倒，我的氣一瞬間被擠乾。唐尼從我身上翻滾下來。我搶在他之前站起，威利卻衝到我身旁，擋住我回家的路。我瞥見在陽光中閃爍的刀光，不敢貿然前進。

我閃過唐尼伸出來的手，越過院子，朝林子奔去。

可是才跑到半途，我便被艾迪攔住。他奮力撲向我的雙腿、將我絆倒，然後立即壓到我身上揮拳踢踹，想挖出我的眼珠。我翻過去，扭身壓住他，將他翻倒。他抓住我的襯衫，衣服撕破，我任由他扯掉襯衫。我踉蹌後退，接著唐尼也撲上來，然後是威利。我狂掙扎，直到威利拿刀抵住我的喉嚨、讓我感受到刀尖。

「進去，賤人。」他說，「不許講話！」

他們把我押進去。

眼睜睜望著自己家就在眼前卻到不了，真是一大折磨。我一直在尋找有無人影，卻看不到動靜。

我們走進去，往下走入陰冷而油漆味濃烈的黑暗中。

我去摸喉頭，感到手指微溼，沾到一點血。

蘿絲站在那兒，兩手緊緊交疊在胸前。

「笨蛋，」她說，「你他媽的是想去哪裡？」

我沒回答。

「哼，我看你現在大概跟她同一夥了，」她說，「我們到底該拿你們怎麼辦？」

她搖搖頭，又哈哈笑著。

「你應該高興自己沒有和她一樣的『那個地方』，不過當然，你有別的事情要擔心，是不是？」

黛妮絲放聲大笑。

「威利，去拿繩子，我們最好把他綁住，免得他又亂跑。」

威利走進防空室拿了一條短繩回來，再把刀子交給唐尼，威利則把我的手反綁。

大家都在等著看。

這回，唐尼大剌剌地盯著我的眼睛。綁完後，蘿絲把火柴交給吠吠。

「洛菲，你要動手嗎？」

吠吠劃亮火柴，舉到水槽上方，點亮紙捲一端，再點燃另一個靠他較近的紙捲。

他站開一些，報紙開始熊熊燃燒。

「你一向愛玩火。」蘿絲轉頭看著大家，嘆了口氣。

「現在換誰？」

「換我。」艾迪說。

蘿絲看著他，淺淺一笑，跟不久前她看我的表情一模一樣。

我想我已不再是她在街區最喜歡的小孩了。

「去拿扳手來。」她說。

艾迪去拿。

他們把扳手放到火上，屋裡好安靜。

等蘿絲覺得夠燙，便叫他除掉那個地方，大家才回屋內。

第四十二章

這件事，我不想告訴你們。

我拒絕發言。

有些事，你至死也不想說出口，巴不得死掉也不想看。

我卻親眼目睹了。

第四十三章

我們一起蜷著躺臥在黑暗裡。

他們拿掉了工作燈，關了門，丟下瑪姬、蘇珊和我躺在老威利買給家人用的空氣墊上。

我聽見腳步聲從客廳傳到餐廳，又走回去。步伐很沉，大概是唐尼或威利吧，接著，屋子裡便靜了下來。

只剩瑪姬的呻吟。

他們拿扳手燙她時她昏過去了。瑪姬先是身子一個繃緊，接著倏地癱軟，像被雷電擊中。此時她又掙扎著試圖醒來。我不敢想像她醒來後會怎麼樣，我無法想像那種痛，也不願去想。

他們幫我們鬆綁了，至少手是自由的。

我可以多少照顧瑪姬一些。

不知道他們現在在樓上做什麼、想什麼。我猜艾迪和黛妮絲大概已經回家吃晚飯。蘿絲會躺在椅子裡，兩腳跨在凳上，旁邊的菸灰缸點著一根菸，呆滯望著空白的電視螢幕。威利歪在沙發上吃東西，呋呋趴在地板，唐尼則端坐在廚房的直背椅，也許在吃蘋果吧。

烤箱裡應該有冷凍速食。

我餓了，從早餐到現在我都沒吃東西。

晚餐，我想到了晚餐。

看到我沒回家吃晚飯爸媽一定會很生氣，然後會開始擔心吧。

我的爸媽會擔心。

以前我大概從沒想過那代表什麼含意。

霎時，我感到愛他們至深，差點要哭出來。

瑪姬再次呻吟。身旁的她正在顫抖。

我想到默默坐在樓上的蘿絲和其他人。他們也許在考慮怎麼處置我們吧。

因為我被關在底下，一切都變了。

今天之後，他們再也無法信任我，而我和瑪姬和蘇珊不一樣。會有人想念著我。

爸媽會來找我嗎？當然會，可是何時會來？會想到來這裡找我嗎？我沒跟他們說自己要去哪裡。

笨哪，大衛。

又犯下一個錯。你明知自己在這裡會遇到麻煩。

黑暗從四面八方壓迫我，令我感覺無足輕重，失去了空間感、選擇與可能。我終於能體會這幾個星期瑪姬獨自待在這裡是什麼感覺。

你其實會希望他們回來，幫你化解等待的焦慮與孤獨的啃蝕。人在黑暗中，好像會這麼憑空消失。

「大衛？」

出聲的是蘇珊，我嚇了一跳。這是應該是她唯一一次主動跟我說話——或對任何人。她聲如蚊蚋，恐懼顫抖，好像蘿絲還在門口偷聽似的。

「大衛？」

「嗯？妳還好嗎？蘇珊？」

「我沒事。大衛……你恨我嗎？」

「恨妳？不會啊，當然不會。我為什麼要——」

「你應該恨我的，瑪姬應該恨我，因為都是我的錯。」

「這不是妳的錯，蘇珊。」

「是我的錯，全都怪我，沒有我，瑪姬早就可以跑掉了，不必回來。」

「她努力了，蘇珊，只是被他們抓到。」

「你不懂。」

即使我沒看見蘇珊，還是聽得出她在拚命忍住不哭。

「他們是在走廊上抓到她的，大衛。」

「呃？」

「她來救我，她逃出來了。」

「是我放她出來的。我故意不鎖門。」

「然後她上樓、到我房裡，手放——放在我嘴上，叫我別出聲，然後她抱我下床，到樓下走廊，結果蘿絲……蘿絲……」

蘇珊再也忍不住了，她哭了出來。我伸手摸她的肩膀。

「沒關係，沒事的。」

「……結果蘿絲從男生的房間出來——我猜她聽到我們的聲音——她抓住瑪姬的頭髮，把她推倒，我跌在瑪姬身上，害她一開始就動不了，接著威利跑出來，唐尼和吠吠也來了，他們開始打她、踢她，威利又去廚房拿刀，架在她喉嚨上，還說如果她再動，就把她的頭割下來。他就是那麼說的。

「然後他們把我們帶下樓，把我的支架丟下來。這都壞掉了。」

我聽到噹啷啷的聲音。

「他們又打她一頓，蘿絲拿菸頭燙……燙她的……」

蘇珊靠過來，我攬住她，讓她伏在我肩上痛哭。

「我不懂，」我說，「她本來就會回來救妳，我們說好要一起想辦法。為什麼一定要現在？她為什麼要帶妳走？為什麼現在就想帶妳一起走？」

蘇珊擦著眼睛，我聽到她在吸鼻子。

「我想是因為……蘿絲。」她說，「蘿絲……碰我，你知道……就是碰我……下面。有一次她還……還害我流血。瑪姬就……我告訴瑪姬……她很生氣……非常生氣，就跟蘿絲說她都知道了。結果蘿絲又打她，打得好慘。她拿壁爐裡的鏟子打她，然後……」

她的嗓子一啞。

「對不起！我不是故意的，她應該可以逃掉的！她應該逃走！我不是故意要害她受傷的，我沒辦法！我好討厭蘿絲碰我！我恨蘿絲！我好恨她。結果我就告訴瑪姬……把蘿絲做的事告訴她，所以他們才會抓到瑪姬。她就是因為這樣才來救我的，都是因為我，大衛，因為我！」

我抱著她，像哄一個脆弱的嬰兒。

「噓，別哭，不會……不會有事的。」

我想像蘿絲是怎麼碰她，我想像一個殘障無助的小女孩，無力反抗一個眼神強烈如湍流的女人。我把那畫面從心中拋開。

良久，蘇珊平靜下來。

「有個東西，」她吸著鼻子說，「我把它給瑪姬了。你把手伸到工作檯另一邊的桌腳後面，在瑪姬躺的地方再過去一點點。你四處摸摸看。」

我摸索著，摸到一包火柴和一根兩英寸長的蠟燭。

「這是從哪裡——」

「從蘿絲身上弄來的。」

我點亮蠟燭，撫慰人心的燭光照亮這個斗室，讓我心情舒坦了些。

直到看見瑪姬。

直到我們兩個都看見了她。

她仰躺著，他們在她腰際蓋了條又薄又髒的舊床單。瑪姬胸肩全露出來，渾身瘀痕斑斑，燙傷處已皮開肉綻，滲著血水。

即使睡著，她臉上的肌肉還是因疼痛而繃得死緊，整個身體直打哆嗦。

那幾個字閃閃發光。

I FUCK FUCK ME

我看向蘇珊，她好像又要哭了。

「不要看。」我說。

實在太慘，慘不忍睹。

但最糟的並不是他們加諸在她身上的行為，而是她自己做的事。

瑪姬的手臂從床單露出來，她睡著了。

然而，她卻用髒汙破損的指甲不斷用力摳自己的左手肘，一路摳到腰上。

她在撕身上的結痂。

她扯裂了傷口。

那副受盡凌虐、毆打的軀體終於開始跟自己作對了。

「別看。」我脫掉襯衫，邊咬邊撕地從縫線處撕下兩條布。我移開瑪姬的手指，用襯衫緊緊在她手臂上纏兩圈，再把上下兩端綁住，這樣她就不會再傷害自己。

「好了。」我說。

蘇珊流著眼淚。她看到了，她也知道。

「為什麼？」她問，「她為什麼要那樣做？」

「不知道。」

其實我多少能明白，我幾乎可以感受到瑪姬對自己多麼氣惱。她氣自己失敗，沒能逃出去，氣她害了自己，也害了妹妹。她甚至恨自己招惹這種是非，怨自己太天真。

瑪姬不該自責，這麼想也不正確。但我能理解。

她被騙了——此時她聰明又思慮清晰的腦袋正在懊惱。我怎麼會那麼蠢？好像覺得受罰都是活該。她還以為蘿絲和其他人一樣還有人性，不會做得太過分，會知分寸。可是她錯了，他們不一樣，她終於頓悟，卻也已經太遲。

我看她用手指找著傷疤。

血從襯衫底下滲出來，還不是很多，我卻感到悲涼而諷刺。到頭來，也許我還是得用襯衫把她綁住，限制她的動作。

樓上的電話響起。

「去接。」我聽到蘿絲的聲音。她的腳步越過房間，接著是威利，然後一陣停頓。蘿絲在講電話。

不知道現在幾點了？我看著小小的蠟燭，也不知它能燒多久。

瑪姬的手從傷口旁挪開。

她大口喘氣、呻吟，掀動眼皮。

「瑪姬？」

她張開眼睛，神色極為痛苦。

她再一次撕起傷口。

「不要，」我說，「別那樣。」

她看著我，一開始沒聽懂，然後把手拿開。

「大衛嗎？」

「嗯，是我，蘇珊也在。」

蘇珊靠向前，讓瑪姬看見她，瑪姬的嘴角向上微彎，露出淒然的笑容。即使只是微笑也令她感到疼痛。

她出聲哀喊，「噢天哪，好痛。」

「別動，」我說，「我知道很痛。」

我把床單拉起，蓋到她下巴。

「有沒有什麼……妳有沒有什麼想要我……」

「沒有，」她說，「只要讓我……噢，天哪。」

「瑪姬？」蘇珊在發抖。她從我身旁探出來，還是沒能摸到瑪姬。「對不起，瑪姬，對不起、對不起。」

「沒關係，蘇珊，我們試過了，沒事的，沒……」

我可以感受在她全身燃燒的痛。

我不知如何是好，只能一直看著蠟燭，彷彿燭光能給我什麼啟示。可是沒有，什麼都沒有。

「他們……他們在哪兒？」她問。

「樓上。」

「他們會留下來嗎？現在是……晚上嗎？」

「差不多，現在大約是吃晚飯的時間……我不知道，我不知道他們會不會留下來。」

「我受不了了……大衛，我受不了了。你懂嗎？」

「我懂。」

「我沒辦法了。」

「休息吧，休息就是了。」我搖著頭。

「嗯？」她說。

「我一直希望能有個什麼……」

「什麼？」

「……有個能傷害他們的東西，讓我們能離開這裡。」

「這裡什麼都沒有。你不知道有多少個夜晚，我……」

「我們有這個啊。」蘇珊說。

她拿起臂膀用的支架。

我看著支架。蘇珊說得沒錯，雖然這是輕材質的鋁架，可是若握住一端揮動，的確可以傷人。不過，拿來對付威利和唐尼兩人遠遠不足。而且還有蘿絲，你可不能小看她。如果他們能單獨進來、各自分開，中間相隔幾分鐘，我大概還有機會。但是這種可能性實在太低了。我從來不擅長打架。

只要問艾迪就會知道。

我們還需要別的。

我四處尋找——他們幾乎把所有東西都搬光了。滅火器、收音機、食物箱，連鬧鐘和氣墊的充氣筒都不見蹤影——甚至把綁我們的晒衣繩拿走，只留下工作檯——檯子超重，根本搬不動，遑論拿起來丟。只剩氣墊、瑪姬的床單、喝水的塑膠杯，我們身上的衣服，還有火柴和蠟燭。

接著我想到確實可以利用火柴和蠟燭。

至少這樣能主動把他們引下來，而不是被動地等他們來。我們可以來個出其不意的快攻。不錯，感覺不錯呀。

我用力吸一口氣。有個點子慢慢成形。

「好，」我說，「你們想不想試一些辦法？」

蘇珊虛弱地點點頭，瑪姬也是。

「也許不會成功，但有些機會。」

「好，」瑪姬表示，「動手。」她呻吟著說。

「不不，我不需要用到妳。」我說。

「動手就是了，」她說，「把他們撂倒。」

我脫掉腳上的高筒布鞋、拆掉鞋帶、綁在一起。接著我脫掉蘇珊的鞋子，把她的鞋帶接著綁起，這樣就有十二英尺長的鞋繩可用。我將鞋繩一頭繞到門下的鉸鏈、繫緊，然後拉到能碰到的第一根四英寸見方支柱，綁在離地板三英寸高的位置。這麼一來，門口到柱子間便有了一段鬆鬆的絆繩，在進門處、也就是房間左側三分之一的位置設下一道防線。

「聽好了，」我說，「接下來不容易，而且對敵我雙方都很危險，因為我想在這裡生火——就在桌前，房間一半的地方生火。他們會聞到煙味、跑下來——我希望有人絆到那根繩子。到時，我會拿著蘇珊的支架站在門的另一邊。

「不過，因為煙會很濃，空氣不多，所以他們恐怕得快點下來，否則就換我們完了，明白我意思了嗎？」

「我們可以大叫。」蘇珊說。

「是，但願那能奏效。不過得稍等一會兒讓他們聞到煙味才行。火災會令人驚慌，那才對我們有利，妳覺得呢？」

「那我可以做什麼？」蘇珊問。

我忍不住笑了，「其實沒有，蘇珊。」

她想了想。這位虛弱的小女孩一臉嚴肅。

「我知道我能做什麼了，我可以站在氣墊旁邊，如果有人想靠近，我就把他們絆倒。」

「好吧，不過妳自己要小心，不許再摔斷骨頭。此外，妳一定得留出空間，讓我揮支架。」

「我會的。」

「瑪姬？妳沒問題嗎？」

她整個人蒼白虛弱，不過點了點頭。

「沒問題。」

我脫下身上的T恤。

「我……我需要這張床單。」我說。

「拿去吧。」

我小心翼翼地從她身上拿下床單。

她用手蓋住燒傷處，但我還是看見了黑紅色的傷口。我瑟縮一下，瑪姬見狀，將頭撇開。她又開始隔著襯衫抓傷口了，然而我不忍阻止——我怕她意識到自己在做什麼。

我突然很想立刻拿支架揍人。我把床單綑好、放到工作檯前，將自己的T恤和襪子擺到床單上。

「還有我的。」蘇珊說。

其實沒什麼差，但蘇珊想盡點心意，因此我幫她脫掉襪子，一併擺上去。

「你要襯衫嗎？」瑪姬問。

「不用，妳留著。」

「好吧。」她說，手指又摳個不停。

她的身體看起來好老，肌肉薄又垮。

我把蘇珊的支架取下，靠到門邊牆上，拿起蠟燭走到布堆邊。

我的胃害怕得都打結了。

「來吧。」我把蠟燭往下一扔。

第四十四章

雖然火燒得不旺，煙卻不少。煙氣飄上天花板，裊裊向外飄。這是我們這防空室裡的蕈狀雲。頃刻間，煙氣瀰漫全室，我幾乎看不見躺在對面地上的瑪姬。我們開始猛咳。

煙越來越濃，我們的叫喊也隨之變大。

你可以聽見樓上的聲音。有困惑、有恐懼，接著一陣腳步爭先恐後下樓，他們用衝的，因為他們擔心。太好了，我握緊支架，在門內守株待兔。

有人七手八腳地拉著門閂，接著門打開，威利站在地下室背光的位置，破口大罵。煙氣如忽起的白霧將他籠罩。威利東倒西歪地走進來，絆到鞋繩，晃了晃摔倒，滑過地板，一頭撞進火堆。他高聲尖叫，撲打著在他臉上燃燒的破布，還有額上滋滋響被燒融的頭髮。

蘿絲和唐尼一同衝進來。唐尼離我最近，正極力想弄清煙霧裡是什麼狀況。我拿起支架一揮，鮮血從唐尼頭上噴出，濺在蘿絲的身上及門口，唐尼倒下時還試圖抓我，我則像揮斧頭一樣揮著支架，但他避開，支架敲中地面，接著，蘿絲從我身邊衝過去，要抓蘇珊。

蘇珊，她的人質，她的保命符。

我火速轉身揮砍，擊中她的肋骨和背部，但還是阻止不了她。

蘿絲動作敏捷，我追在她身後，使出網球反拍動作從地上掃起支架，可是她已抓住蘇珊骨瘦如柴的胸口，將她推到牆上，再一把抓起她的頭髮往後拽。我聽到咚的一聲，好似什麼瓜類落地，蘇珊便從牆上滑下。我使出吃奶的力氣，拿支架擊打蘿絲的下背，她慘叫著跪到地上。

我的眼角餘光瞄到人影，立即轉過身。

唐尼站起來了，在逐漸淡去的煙氣中朝我衝來。接著是威利。

我朝四面八方揮舞支架，那兩人起先緩慢而謹慎，逼得夠近，讓我看到威利的臉燒成什麼模樣。他閉著一眼，淚流不止。唐尼的襯衫上沾了血。

接著威利身子一矮，衝過來，我用支架重重打在他肩上，再衝上去猛力揮中他的脖子，威利慘叫倒地。

唐尼蹣跚著上前扯著支架，我身後傳來一陣抓扒聲。

蘿絲撲到我背上奮力抓，像貓一樣地嘶嘶叫。我被她壓得東倒西歪，膝蓋都彎了。我跌到地上，唐尼衝上前，我臉上突然一個吃痛，脖子往後一彎，並聞到一股皮革味——鞋子的皮革，他把我當足球踢，而我看到刺眼的燈光，想抓緊支架，但支架不見了。亮光很快化為黑暗，我掙扎著跪起身，他又來踹我肚子。我倒在地上，大口喘氣，掙扎著想站起來，可是怎麼也站不穩。我好想吐，心中亂七八糟。接著又有別人也來踢我，踢我的肋骨、胸口。我縮成一團，繃緊肌肉，等待黑暗過去。但他們依然不斷叫罵、瘋狂踹我，不過這辦法開始有效了。我漸漸可以看到東西，最後終於找到桌子的位置。我滾到桌底，抬眼看到蘿絲和唐尼的腿就在面前——然後我又搞不清楚狀況了。還有另一雙腿站在瑪姬躺的地方，就在瑪姬應該躺著的氣墊上。

那是一雙裸露的腿，布滿燙傷與疤痕。

那是瑪姬的腿。

「不！」我大喊。

我從桌底下鑽出來，蘿絲和唐尼轉身朝她走去。

「妳！」蘿絲尖聲罵道，「妳！妳！妳！」

我還是不了解當時瑪姬在想什麼。她真的以為自己能幫得上忙嗎？也許她只是厭倦了。厭倦蘿絲，痛恨肉體的痛，對一切感到厭煩。但她應該曉得蘿絲會把氣出在誰身上啊。蘿絲不會衝著我或蘇珊，而會像根毒箭一樣精準直接地射向她。

然而瑪姬無所畏懼，她眼神堅定又清亮，即使虛弱，仍勉力向前踏出一步。

蘿絲像個瘋女人似的撲向她，就像傳教士幫人治病那樣用兩手抓住她的頭。

然後往牆上用力一摜。

瑪姬的身體開始抽搐。

她直視蘿絲的眼睛，露出不解神情，彷彿直到那一刻仍想問問蘿絲，為什麼？為什麼？

然後瑪姬倒了下去，像沒有骨頭的沙包一樣倒在氣墊上。

她又抽搐了一會兒才停止。

我扶住桌子，撐住自己。

蘿絲只是瞪著牆壁站在那裡，好像無法相信瑪姬已經不在。她面色灰敗。

唐尼和威利也一樣站在那兒。

房中登時一片靜默。

唐尼彎下腰，把手放到瑪姬脣上，然後摸摸她的胸口。

「她還……有氣嗎？」

蘿絲彷彿變得渺小。

「嗯，還有一點點氣。」

蘿絲點點頭，「把她蓋起來，」她說，「蓋起來，把她蓋起來呀。」

她又胡亂地點著頭，轉頭戰戰兢兢走過房間，好像踏在破掉的玻璃上。蘿絲在門口停下來，鎮定心神，然後才走開。

接下來就只剩我們一群孩子了。

威利率先行動。「我去拿毯子。」他說，一手摀住自己的眼睛，頭髮已燒掉一半。

可是好像已經沒有人發脾氣了。

桌前的火還在悶燒，冒出小團煙氣。

「你媽打電話來了。」唐尼喃喃說。

他低頭看。

「什麼？」

「你媽，」他說，「她打電話來了。她想知道你在哪裡。電話是我接的，蘿絲有跟她講話。」

我根本不必問蘿絲跟她說了什麼。一定是說沒看到我。

「吠吠呢？」

「在艾迪家吃飯。」

我撿起支架，拿過去給蘇珊。她大概毫無感覺，也不在乎。蘇珊只是望著瑪姬。

威利拿著毯子回來，看了看所有人，把毯子丟在地上，又扭頭走出去。

我們聽見他拖著腳步上樓。

「唐尼，你們打算怎麼辦？」我問他。

「不知道。」他說。

他語氣呆板而茫然，因為她嚇壞了，彷彿腦袋被踢的人是他不是我。

「她可能會死掉，」我說，「她一定會死掉，除非你趕快做點補救，其他人都不會幫忙，你知道的。蘿絲不會，威利也不會。」

「我知道。」

「那就快點呀。」

「快點幹麼？」

「什麼都好，去告訴別人，去報警。」

「我不知道。」他說。

唐尼從地上拿起一條毯子，照蘿絲的話幫瑪姬蓋上，動作非常輕柔。

「我不知道。」他搖著頭，接著轉過身，「我得走了。」

「那把工作燈留給我們行嗎？至少讓我們能照顧她？」

他考慮了一會兒。

「好吧，當然。」他說。

「還有一點水——一些布和水？」

「ＯＫ。」

他走到地下室，我聽到水聲，唐尼拿了一桶水和一些抹布回來放在地上，把工作燈掛上天花板的鉤子。他沒看我們，一次都沒有。

唐尼伸手開門。

「再見。」他說。

「嗯，」我說，「再見。」

然後他就把門關上了。

第四十五章

漫長的寒夜降臨。

樓上的人再也沒來看我們。

房裡很靜，隱約可聽見男生房裡傳來的收音機聲，是艾佛利兄弟的《我只能做夢》、貓王的《頑強的女人》。每首歌都像對我們的諷刺。

媽應該已經慌了手腳，我可以想像她打電話挨家挨戶詢問我是否在那裡，是否在外露營，或沒告訴她就住在人家家裡。然後爸會去報警。我一直期待著警察來敲門，我實在想不透他們為何還不來。

希望變成挫敗，挫敗又轉成憤怒，憤怒再化為無奈。接著所有情緒又輪一遍。我無計可施，只能等待——還有清洗瑪姬的臉龐與額頭。

她在發燒，後腦杓都是黏呼呼的血塊。

我們時睡時醒。

我腦海不斷冒出一些歌曲和簡單的詩句。用火藥！泡沫清潔劑——啦、啦、啦、啦、啦。把髒東西洗掉排清——啦、啦、啦、嗒、嗒。越過小河穿過林子……越過小河……穿過林子……小河與林子……我什麼也抓不緊，什麼都放不下。

有時蘇珊會哭泣。

有時瑪姬會翻身呻吟。

聽到她呻吟我很開心，那表示她還活著。

她醒了兩次。

第一次醒時，我用布幫她擦臉，擦完正打算要休息，瑪姬張開眼睛。我嚇了一跳，布差點掉下來。然後我把布藏到身後，因為上面都被血染成粉紅色，我不希望讓她看見；我不忍讓她看見。

「大衛？」

「嗯。」

她努力想聽。我低頭注視她的雙眼，發現其中一隻的瞳孔變成另一隻的一半大——她看到了什麼嗎？

「你有聽見她的聲音嗎？」她問，「她在……在樓上嗎？」

「我只聽得見收音機，不過她在樓上。」

「收音機，啊，沒錯。」她慢慢點著頭。

「有時我會聽到她的聲音，」她說，「一整天，威利和吠吠也是……還有唐尼。我一直以為我可以聽……聽到一些事，可以弄清楚為什麼她要這樣對我……聽她走過房間，或坐在椅子上。可是我……從沒搞懂。」

「瑪姬，聽我說，妳不要再說話了知道嗎？妳傷得很重。」

我看得出她說起話非常費力，而且含糊不清，彷彿舌頭突然改變大小。

「不，」她說，「不，我想說話，我從來都不開口，從來沒有傾訴對象，可是……」她困惑地看著我，「你怎麼會跑來這裡？」

「我們都在這裡，我和蘇珊。他們把我們鎖起來了，還記得嗎？」

她想擠出笑容。

「我還以為你是幻影呢。有時候，你就是我幻想出來的。我有很多……很多幻想。幻想來了，然後……又不見了。有時你會想要擁有幻想，卻沒辦法，你什麼都想不出來，可是後來……就想出來了。

「我以前常求她，你知道嗎？求她住手，求她放我走。我覺得她一定會放我走的，她會欺負我一陣子，然後放我走。她會了解，會喜歡我的。可是後來我覺得她不會住手了，我們得逃，可是我沒辦法，我實在不懂她，她怎麼能讓他拿火燒我呢？」

「求求妳，瑪姬……」

她舔著嘴脣，笑了笑。

「不過你來照料我了，不是嗎？」

「沒錯。」

「蘇珊也來了。」

「沒錯。」

「她在哪裡？」

「她睡著了。」

「她也很難受。」她說。

「我知道、我明白。」

我好擔心，她的聲音越來越虛弱，我得貼得很近才能聽到她說的話。

「幫我一個忙好嗎？」瑪姬說。

「沒問題。」

她握緊我的手，卻十分無力。

「幫我把我媽媽的戒指拿回來，好不好？你知道我媽媽的戒指吧？蘿絲不肯聽，她什麼也不在乎。可是……你能求求她嗎？能幫我把我的戒指要回來嗎？」

「我會去拿的。」

「你保證？」

「我保證。」

她放開手。

「謝謝你。」瑪姬說。

一會兒後，她說：「你知道嗎？我從來不夠愛我媽媽。這是不是很奇怪？你呢？」

「我也是，我好像也不是很愛。」

她閉上眼睛。

「我想睡一會兒。」

「當然，」我說，「妳休息吧。」

「真好笑，」她說，「我竟然不痛了。你一定以為會很痛，他們那樣燒我燙我，可是現在竟然不痛了。」

「休息吧。」我說。

她點點頭，然後睡去。我坐在那兒，等待詹寧斯警官來敲門，《綠門》的歌詞有如繽紛華麗的旋轉馬車，在我腦中旋繞不已……子夜，又是一個無眠的夜／坐看晨光漸起／綠門哪，你到底掩藏了什麼祕密？綠門？

直到我也睡去。

我醒過來時大概已至黎明。

蘇珊狂搖我。

「快阻止她！」蘇珊害怕地小聲說，「叫她住手！求求你！別讓她那樣！」

一時間，我還以為自己在家裡床上。

我看看四周，終於想起來了。

瑪姬已不在我身邊。

我的心臟開始狂跳，喉嚨一緊。

接著我便看到她了。

她把毯子扔掉，全身袒裸地蜷在工作檯角落，結塊長髮垂在肩上，背部有一道道深褐色汙痕，縱橫交錯著一條條乾涸的血疤。在工作燈下，她的後腦杓溼溼泛著光。

我看到她肩上的肌肉從優雅的椎骨向外伸展，也聽見指甲的搔抓聲。

我站起來走過去。

瑪姬用手在摳。

她摳著與灰煤牆銜接的水泥地面，想挖出一條通道。她弄出細微的摳抓聲，破裂的指甲滴血，其中一片已然脫落，她的指尖全是血，鮮血混著從水泥上刮下來大大小小的粗砂。這是瑪姬最終的抵抗、最後的挑釁。她殘破的身體散發強烈的鬥志，與無情的硬石進行對抗。

那塊硬石就是蘿絲，它牢不可破，只摳下一些碎片。

蘿絲就是那塊硬石。

「瑪姬，夠了，拜託妳。」我說。

我手伸到她手臂下，將她抱起來。她像個嬰兒一樣一下子就被抱了起來。

她的身體好暖，感覺充滿生命力。

我將她擺到氣墊上，為她蓋好毛毯。蘇珊把水桶拿給我，我為她清洗指尖。水變成紅色。

我開始痛哭。

我並不想哭，因為蘇珊在這兒，可是我實在忍不住，我的淚水潰堤流下，就像瑪姬滴在灰煤牆上的鮮血。

她的體溫是因為發燒，我誤會了。

我幾乎能嗅到她身上飄散出來的死亡氣息。

我在她那雙放大的瞳孔中看到了死亡，在那漩渦之中，魂魄消於無形。

我清洗她的指尖。

洗完後，我將蘇珊抱過來，讓她躺在我們中間。我們一起靜靜躺著，看瑪姬淺淺呼吸。每一口氣都流入她的肺裡，將片段的生命補綴起來，每口氣都是數秒的恩賜。她微張的眼皮顫動，那是千瘡百孔的軀體之中氣若游絲的生命。當瑪姬再度張開眼睛，我們沒有嚇到。看到瑪姬望著我們，我們好開心。這是熟悉的瑪姬，在大難降臨之前的瑪姬，不是發燒到神智不清的瑪姬。

她掀動嘴脣，微微一笑。

「我想我應該可以撐過去，」她握住蘇珊的手，「我應該不會有事的。」

在工作燈的人工光源下，在對我們而言並非黎明的黎明中，瑪姬死了。

第四十六章

一個半小時後敲門聲才響起。

我聽到他們從床上起來，聽到幾名男子的聲音、沉重陌生的腳步穿過客廳和餐廳，然後從樓梯上下來。

他們打開門閂、拉開門，詹寧斯出現了，旁邊是我的父親，以及在海外退伍軍人會認識的一位叫湯普森的警察。唐尼、威利和蘿絲站在他們身後，既不打算逃走，也沒打算解釋，只是看著詹寧斯走向瑪姬，看他撐開她的眼皮，尋找她已停止的脈搏。

爸爸走過來抱住我，我的老天啊！他搖著頭。謝天謝地我們找到你了，謝天謝地我們找到你了。那是我第一次聽到爸爸那麼說，但我相信他是真心的。

詹寧斯拉過毛毯，蓋住瑪姬的頭，湯普森警官則走過去，安慰哭個不停的蘇珊。自從瑪姬死後，她就一直很安靜，現在一放鬆，便哭得一發不可收拾。

蘿絲和其他人木然地注視著。

曾在國慶日聽瑪姬控訴蘿絲的詹寧斯，此時顯得一副殺氣騰騰。他脹紅了臉，幾乎失控，連珠砲似地質問蘿絲。但你完全看得出來他其實更想對她開一槍，因為他不斷去摸插在腰後的槍。怎麼會發生這種事？怎麼會這樣？她在這裡待多久了？是誰在她身上刺的字？

蘿絲有一陣子不答腔，只是站在那兒抓著臉上的爛皮，接著，她開口：「我要找律師。」詹寧斯假裝沒聽見，繼續發問，但蘿絲只肯說「我要找律師。」好像她已打算拒絕作證，要對方不必多問。

詹寧斯火氣越來越大，卻一點用也沒有。我應該告訴他：蘿絲是顆頑石。她的幾個孩子也有樣學樣。

我則沒有，我深深吸一口氣，努力不去思考站在身邊的爸爸。

「你想知道什麼我都告訴你。」我表示，「我和蘇珊都會告訴你。」

「你全都看到了嗎？」

「絕大部分。」我說。

「有些傷口是幾個星期前弄的，你有看見當時的情形嗎？」

「有的有看到。我看得夠多了。」

「你親眼看到的？」

「是。」

詹寧斯瞇起眼睛，「你是共犯還是囚犯？孩子？」他問。

我轉頭對爸爸說：「我從來沒傷害過她，爸，從來沒有，真的。」

「但你也沒幫過她。」詹寧斯說。

一整個晚上我也這樣對自己說。

只不過，詹寧斯的話像拳頭一樣打在我身上，我被打得一時之間喘不上氣。

我心想，他罵得對，他罵得好。

「對，」我說，「沒錯，我從沒幫過她。」

「你試過了。」蘇珊哭道。

「他有嗎？」湯普森問。

蘇珊點著頭。

詹寧斯意味深長地注視我良久，也點頭。

「好吧，我們待會兒再慢慢談，現在最好叫人手進來。菲利，叫所有人都上樓去。」

蘿絲喃喃說了幾句話。

「妳說什麼？」詹寧斯問。

她在自言自語。

「我聽不見妳說什麼，女士。」

蘿絲抬起頭，目露凶光。

「我說她是蕩婦，」蘿絲說，「那些字是她寫的！她寫的！『I FUCK FUCK ME』，你以為是老娘寫的嗎？是她自己寫的，自己寫在身上的，因為她覺得很屌！

「老娘是在教她，我在管教她，教她要懂得莊重。她為了反抗我，所以寫那些字，『I FUCK FUCK ME』，她真的有幹，她上過每一個人，她幹過他，絕對有。」

蘿絲指著我，然後指向威利和唐尼。

「還有他和他，她幹過他們所有人！要不是我阻止，把她綁在這裡，她連小洛菲都不放過。我不讓人看她的腿、屁股和私處，她的私處——因為，這位先生，她就是那種騷貨，只要男人想要，她就隨便讓人上。我是在幫她一個大忙。臭條子，狗屎，操你媽的！我是在幫她……」

「女士，」詹寧斯說，「妳最好閉嘴。」

他躬著背、傾過身，好像看的是人行道上的垃圾。

「妳聽懂我的意思了嗎？女士？錢德勒太太？我希望妳明白，妳最好把妳那張狗嘴閉緊了。」

他轉頭詢問蘇珊，「妳能走路嗎？親愛的？」

她吸著鼻子。「如果有人能扶我上樓梯就可以。」

「我把她抱上去就回來，」湯普森說，「她不會太重。」

「好吧，你先走。」

湯普森抱起蘇珊走出門，上樓梯，威利和唐尼跟在後面，低頭看著自己的腳，好像不知該走去哪。我爸爸跟著他們上樓，好像他也成了警察，負責監視他們，我則走在老爸後面，蘿絲跟著我，緊貼在後，似乎急著想結束這件事。我望向身後，看到吠吠跟在她身旁，詹寧斯警官走在吠吠後面。

接著我就看到了。

戒指在後窗灑進的陽光中發著光。

我繼續拾級而上，一時之間弄不清自己身在何方。我感到義憤填膺，不停想到瑪姬，腦中迴盪她要我答應取回她媽媽的戒指，要我去跟蘿絲哀求，彷彿那東西不屬於瑪姬，她是借的，蘿絲才是正主，即便她是該死的賊。我想到我們還沒認識瑪姬前她所經歷的一切：她痛失至愛親人，只剩下蘇珊一個妹妹。又遇到這個代替品，這個假媽媽，這邪惡而可笑的母親，不僅偷了瑪姬的戒指，更奪走她的一切——她的生命、未來、身體——甚至打著教養她的名義，刻意攻擊她，越來越過份，她卻樂在其中，無所不用其極，最後終於把她逼瘋。如今，瑪姬躺在地上，太早逝去，香消玉殞，化為煙塵。

可是戒指留下來了。在暴怒之中我領悟：我也是可以反擊的。

我停下腳步，轉過身、舉起手，張開手指往蘿絲的臉上摸索。我看到蘿絲深邃的雙眼訝異地看著我，露出驚恐的神色。

她明白我的意圖。

而且她想活下去。

我注視她慌忙去抓扶欄。

我知道她張大了嘴巴。

也摸到了她鬆弛冰涼的臉頰。

我知道爸爸就在前面繼續上樓。他快到樓梯口了。

我用力一推。

我從沒這麼痛快過，從沒這麼強勢過，不管是當時還是之後。

蘿絲失聲尖叫，吠吠伸手去抓，詹寧斯警官也是。但她摔下的第一級臺階就是詹寧斯站的地方，而且撞上去時身子一扭，詹寧斯根本碰不到她，漆罐紛紛滾到下方的水泥地，蘿絲亦同，只是稍微慢了些。

她的嘴被臺階撞得張開，整個人像雜耍人一樣彈起來、轉個圈，因此頭又先撞到地，接著則是嘴、鼻和臉頰，那具重如石袋的身體直接落地。

我聽見她的脖子啪地折斷。

接著她便躺在那兒不動。

房中突然飄出一股惡臭，我幾乎要笑出來——她像嬰兒一樣地拉出了屎。這實在是太美妙了。

接著，所有人火速衝下樓。唐尼、威利、我爸，以及放下蘇珊的湯普森警官，他推開我、衝下去，每個人都在大叫，圍到蘿絲身邊，彷彿發現了什麼考古遺跡。怎麼回事？我媽媽怎麼了！威利高聲問道，吠吠哇哇大哭。威利完全失控了，他伏在蘿絲身上，兩手猛揉搓她胸口肚子，想讓她起死回生。他媽的到底怎麼回事！唐尼大吼一聲，他們全都抬頭看著樓梯上的我，一副想將我撕裂的模樣。我爸站到樓梯底下，以免他們出手。

「究竟是怎麼回事？」湯普森警官問。

詹寧斯只是看著我。他都知道，他很清楚發生什麼事。

可是我一點也不在乎，只覺得自己打死了一隻黃蜂，一隻叮我的黃蜂，只是這樣，沒什麼大不了。

我走下樓梯與他面對面。

詹寧斯看了我一會兒，聳聳肩。

「這小鬼絆了一下，」他說，「沒吃東西沒睡覺，朋友又死了。不小心的，雖然不幸，但有時就是會這樣。」

吠吠、威利和唐尼才不信，然而今日似乎沒人在乎他們怎樣，也不在乎他們信或不信。

蘿絲的大便有夠臭。

「我去弄條毛毯。」湯普森說，從我身邊走過去。

「那個戒指，」我指著，「她手指上的戒指是瑪姬的，那是瑪姬的媽媽的，現在應該還給蘇珊了。我可以拿給她嗎？」

詹寧斯瞪我一眼，意思是你鬧夠了吧，別再得寸進尺。

可是我一樣不以為意。

「戒指是蘇珊的。」我說。

詹寧斯嘆口氣，「真的嗎，各位？」他問幾名男孩。「如果你們從現在開始都不說謊，事情會好辦很多。」

「應該是吧。」唐尼說。

威利看著他哥哥，喃喃說道：「操你媽的。」

詹寧斯抬起蘿絲的手，看看戒指。

「好吧。」他說，語氣突然軟下來，「你把戒指拿給她吧。」他將戒指從蘿絲手上摘下來。

「告訴她，別弄丟了。」他說。

「我會的。」

我走上樓，頓時感到筋疲力盡。

蘇珊躺在沙發上。

我走過去，在她問我發生什麼事之前，我先舉起戒指。蘇珊注視了一會兒，總算明白那是什麼。看到她的眼神，我突然跪倒在她身邊。蘇珊對我伸出細瘦蒼白的手，我抱住她，兩人一起痛哭，久久無法平復。

尾聲

第四十七章

我們是青少年——不是罪犯，是少年犯。

所以，按法律規定，我們在定義上是無知的，不能完全為自己的行為負責，好像任何十八歲以下的人都可以合法發神經，都沒有分辨是非的能力。我們的名字永遠不會對媒體公布，不會有犯罪紀錄，也絕不對外公開。

我覺得這很詭異。但也許，因為我們沒有享受成人的權利，自然也不必承擔大人的責任吧。除非你是瑪姬或蘇珊。

唐尼、威利、吠吠、艾迪、黛妮絲和我上了少年法庭，蘇珊和我出庭作證。庭上沒有檢察官，也沒有被告律師，只有安德魯·席維法官外加一票心理學家及社工人員，熱切討論該如何處置每一個人。其實從一開始就看得出他們會怎麼處理了。唐尼、威利、吠吠、艾迪和黛妮絲被送進少年觀護所——也就是感化院。艾迪和黛妮絲因為沒有動手殺人，只關兩年。唐尼、威利和吠吠關到十八歲，這是當年最嚴厲的判決。他們十八歲時會被放出來，並銷毀其紀錄。

年少時的行為不能阻礙成人時的發展。

他們在遠處湖區的另一個城鎮幫蘇珊找到了寄養家庭。

由於她在聽證會上替我美言，加上少年法中並無所謂的共犯，所以最後我被交還父母看管，並派了一位精神科社工人員輔導我。那是個很像學校老師、名叫莎莉·貝絲·康特的冷漠女士。她每週來看我一次，後來改成每月，這樣看了整整一年。康特似乎十分很關心我如何「處理」自己的所見所為——以及那些沒做的行為。但她其實心不在焉，好像對輔導已經有些厭煩，似乎巴不得我能給她一些議題或狀況好發揮，像是我父母死也不原諒我，或是我拿斧頭去砍他們之類的。後來一年期滿，她沒再來，我整整三個月後才意識到這件事。

我沒再見過他們，至少沒有見到本人。

我跟蘇珊通了一陣子信。她的骨頭癒合了，她很喜歡寄養父母，也交了幾個朋友。後來她就沒再寫信來。我沒問她原因，我並不怪她。

我爸媽離婚了，老爸搬離本鎮，我很少見到他。到頭來，他大概還是覺得在我身邊很尷尬吧。

我也沒怪他。

我畢業時是班上倒數第三名，沒人訝異。

我讀了六年大學，其中兩年跑到加拿大躲兵役，後來拿到商業碩士學位。這次，我拿到全班第三名，大家都很訝異。

我在華爾街找到工作，娶了一名在維多利亞省認識的女人，離婚，又再婚，一年後又離婚。

我父親一九八二年死於癌症，母親於八五年心臟病發，死在廚房水槽邊的地板，死時手裡拿著一顆甘藍菜。即使到最後，獨居又不用幫別人做飯的媽媽還是很重視飲食，因為誰也不知道大蕭條何時捲土重來。

我帶著未婚妻伊莉莎白回家，幫母親賣掉房子，處理不動產。我們一起整理母親在那兒生活四十年留下的一堆堆遺物，在一本阿嘉莎・克莉絲蒂的小說裡找到一些未兌現的支票，也找到我大學時寫的信，以及一年級時的蠟筆畫。我還找到老爸的鷹巢開張時的發黃剪報，以及於基瓦尼社、退伍軍人會、扶輪社得獎的消息。

然後我找到瑪姬・羅林和蘿絲・錢德勒死亡的新聞。

那是地方報上的訃聞。

瑪姬的訃聞很短，短到令人心疼，彷彿她的一生不值一提。

瑪姬．羅林，十四歲，已故的丹尼爾．羅林及喬安哈莉．羅林之女，蘇珊．羅林的姊姊。葬禮於週六下午一點半在新澤西方戴爾，奧克達路一百一十號，費雪殯儀館舉行。

蘿絲的訃聞較長：

蘿絲．錢德勒，三十七歲，威廉．錢德勒之妻，已故安德魯．帕金斯及芭芭拉．帕金斯之女。其丈夫和兒子小威廉、唐尼和洛菲均健在。葬禮於週六下午兩點在新澤西方戴爾，山谷路十五號，哈普金斯殯儀館舉行。

訃聞雖然較長，但也一樣空洞。

我看著兩張剪報，發現她們的葬禮在同一天，只間隔半小時，而且兩間殯儀館僅距離六、七條街。我兩個都沒去，也無法想像會有人去。

我看著客廳窗外、車道對面的房子。我媽曾說，現在那裡住了一對年輕夫婦，人很好，沒有小孩，但希望能生。等有了錢，他們就會加蓋內院。

下面的一份剪報上有張照片，是一名年輕英俊、留著棕色短髮、眼睛很大且一臉憨笑的男子。那人看起來很眼熟。

我攤開剪報。

那是從紐華克《明星紀事報》剪下來的，日期是一九七八年一月五日，標題寫「馬納斯關區男子被控謀殺」，報導指出，照片上的男子和一名青少年於十二月二十五日被捕，涉嫌刺殺並燒死兩名少女，即馬納斯關區的派翠西亞．漢史密斯，十七歲，以及艾斯布利區的黛柏拉．柯恩，十七歲。兩名受害者都有受性侵的跡象，雖被刺多刀，但致死原因是燒傷。她們被澆上汽油，在廢棄的田地上點燃火。

照片上的男子就是吠吠。

媽從沒告訴我。我看著照片，至少可以想到一個她不告訴我的理由——因為我可能會去找報紙，並看到照片。

二十幾歲的吠吠長得好像蘿絲，像得嚇人。

這份剪報和其他剪報一起塞在衣盒裡，收在閣樓上。剪報邊緣已又乾又黃，而且開始碎裂。不過我注意到旁邊還有東西。我把剪報翻過來，認出是老媽的字。她的鉛筆字已經褪色，但還是能讀。

媽媽在標題旁，也就是照片旁邊諷刺地寫道：不曉得唐尼和威利過得如何？

如今，我的第三次婚姻亦岌岌可危，倘若瑪姬還活著，我的妻子應與她同齡。我常為噩夢侵擾，內容都與辜負有關：辜負某個人，粗心大意丟下他們，任世界蹂躪。除了媽媽寫在剪報旁邊的名字外，還加上了黛妮絲和艾迪以及我的名字。我也在猜想他們過得如何。

作者後記

「誰愛你呢？寶貝？」神探柯傑克[8]說。

我不知道誰愛我，卻知道自己害怕什麼人、什麼事。

廣義地說，就是指無法預料之事。我不是指怪力亂神，而是指老人痴呆症、愛滋之類。某天，我走在百老匯大道上，沒想到一座橡木製的化妝臺竟掉在距離我兩步遠的人行道。「那種事」令我害怕、驚嚇，而且憤怒。

我對那些讓人害怕的傢伙也有同感。他們令人髮指。我拒絕和連續殺人狂共享這個地球，這些人看起來和我很像，講話也是，而且還十足魅力，只是他們有些奇怪之處……老天，他們喜歡咬下別人的乳頭。

這已經不只是與受害者感同身受，我的意思是，我也有乳頭啊。

---

8 Kojak，美國偵探影集主角。

反社會者也令我害怕又憤怒。不僅是一般的反社會者，還有那些在佛羅里達詐騙老太太土地的金光黨。這些沒良心的人都讓我火大。我認識一名女士，她老公在股市慘賠，為了還債，竟冒用她的名義超貸二十五萬美元，更甭提國稅局的各種表格。如今，房貸利息加上要補繳的稅款終於東窗事發。而她有一個孩子要養，竟可悲地像個八歲小孩依戀父親一樣仍愛著老公——可是她從一九八九年三月後就沒見到或聽到他的消息了。別人也是，他溜掉了，沒人能奈他何，整個世界卻像蒼蠅一般纏著他老婆和兒子。

我一直很想寫這種爛人的故事，寫他們非我族類的程度，以及我們這些人類相信他們和我們一樣會有什麼後果。

我在傑・羅伯・納許（Jay Robert Nash）的《惡魔與壞蛋》（*Bloodletters and Badmen*）[9]中看過一個這種角色。

她的罪行十分罕見，令人深惡痛絕[10]。

在為期數月的時間中，她在還是青少年兒女的協助下（最後連鄰居小孩也來參一腳），將一名寄宿於此的十六歲女孩當著她妹妹的面凌虐至死，理由是要「教她如何在世上當個女人」。

她的小孩讓我想到了《蒼蠅王》，而且暫且不管這些孩子是如何，畢竟是這個女人、這個大人容許他們、指揮他們，一步步引導他們參與這場病態教學。她本質上鄙視女性，除了自己的苦痛外完全漠視他人的苦，並將自己的想法強灌給一群青少年，傳遞給女孩的朋友。

書裡有一張她的照片。她在一九六五年犯下罪行，時年三十六，但書裡的容顏彷若六十，她的皮膚鬆弛，汙斑點點，皺紋橫生。一張薄而憤恨的嘴，漸退的髮線。她頭髮亂七八糟，髮型整整落後十年。

那雙深陷的黑色大眼凶惡又空茫，十分嚇人，我立刻湧上一股憤怒。

卻也一直忘不了她。

幾年後，家母去世，她在愛的氛圍之中、在我自幼也是自小成長的新澤西家過世。那個房子從各方面來說都還是我的本家。我慢慢地消化我的兩項損失，隔一段時間便離開我的公寓，在那兒待一陣子，處理她的財物，重新跟鄰居熟識，回憶一下過去。

那時我正在改寫《她醒來》（*She Wakes*），這是我目前為止唯一的志怪小說。我已把小說擱下一陣子，能回頭改寫其實也不錯，因為我那陣子實在無心寫新作品，或什麼寫實的東西。一位在陽光斑斕的希臘島嶼上轉世的女神正適合我。

可是漸漸，那女人開始再度慢慢浮現。

9 美國真實的犯罪殺人事件節目。

10 這裡是指六〇年代震驚全美國的監禁、虐待事件的凶手，一名叫葛楚・巴尼澤夫斯基（Gertrude Baniszewski）的婦女。

也許是因為她那五〇年代的髮型吧。我不曉得。

小時候，我們家那條街是死巷，家家戶戶生了一堆戰後寶寶，我可以想像她在那裡幹那件事。你若經歷過五〇年代，就會明白那個年代的黑暗面。各種壓抑的情緒已積聚到隨時會爆開。那種孤立、人們的特質，非常適合讓我將真人真事轉成小說。

因此我想，就把時代拉回到一九五八年，就是我十二歲的時候，場景不在實際案件發生的中西部，改到紐澤西。

在紐澤西待了整個夏天，我的回憶不斷湧現。林子的氣味，地下室陰溼的牆壁，一些多年來我忙到無暇多想的事，此時此刻在夜裡令我難以成眠。浮現太多的細節了，擋都擋不住，而我也不想擋。我甚至不時想到當時喜歡的事物：小溪、果園，家家夜不閉戶，貓王艾維斯。

但我也不是在寫《快樂時光》（*Happy Days*）[11]。自從我的第一本書《淡季》（*Off Season*），我從沒寫過主題這麼嚴肅的書，而《淡季》寫的還是緬因州海邊的食人者。不管我寫得多麼劇力萬鈞，還是不會有人正眼瞧它一下。可是這是和虐待兒童有關的書，虐待手法之極端，我甚至決定淡化一些細節，有些則全部跳過。

但它仍那麼極端。

可是我不能因此就不寫。問題在於如何維持故事的極端性，又同時呈現受虐兒日日真實的生活。提出技術問題是一種手法。所以我利用第一人稱，藉一名鄰家男孩之口來講述。男孩很困惑，卻不夠敏銳，在欺凌的刺激與悲憫間猶豫不決。他看到很多，但沒看到全部，這能讓我輕描淡寫一些事，不必著墨一切。

而且，述事者是在三十年後才說出口，這時他已是大人，可以稍做刪修。因此，當事態演變到最不堪的地步，我就讓他說，對不起，我不打算告訴你們，要的話自己去想像，至於我，我不幫你們。

懸疑小說若採第一人稱敘述，讀者的同情心會自動轉移到受虐對象身上。我在《捉迷藏》（*Hide and Seek*）一書也使用相同手法來達成效果。讀者知道描述者會活下來，就比較不會擔心他的人身安全（但可以擔心他的道德尺度，那也是我希望達到的效果）。若是處理得好，讀者會擔心他在乎之人的安全。本書中，即是鄰家女孩和她的妹妹。

這有點複雜，因為，若他關心的人不夠討人喜歡、令人同情，或讀者本身並不像敘述者那麼喜歡律師或狗，最後只會冷眼看著壞人行惡施暴，或乾脆把書闔上。

不過我想是我太杞人憂天（關於這點，他很有信心）。如果本書有道德的灰色地帶和壓力，也是應該的，因為那正是男主角必須解決的問題，他要決定自己的觀點。這我不會太擔憂，因為我很喜歡這兩個女孩，這點無庸置疑。她們不僅是受害者，在某些方面而言——尤其她們又是姊妹——

11　美國五、六〇年代電視喜劇。

我覺得她們非常勇敢。

也因此，相較之下，其他人便令我恐懼。

我恐懼。尤其每次打開報紙或看晚間新聞，或與被醉酒丈夫毆打的婦女談話，我都難忍怒意。

國家圖書館出版品預行編目 (CIP) 資料

鄰家女孩／傑克・凱琛（Jack Ketchum）著；柯清心譯. -- 初版. -- 臺北市：小異出版：大塊文化出版股份有限公司發行, 2022.04
面；　公分. --（SM；31）
譯自：The girl next door
ISBN 978-986-97630-5-9（平裝）

874.57　　111002193

Trans+

Trans+

Trans+